밀우 판타지 장편 소설

FANTASY FRONTIER SPIRIT

천년
용사

4

도서출판 청어람

천년용사 4

밀 우 판타지 장편 소설

초판 1쇄 찍은 날 § 2014년 1월 16일
초판 1쇄 펴낸 날 § 2014년 1월 23일

지은이 § 밀 우
펴낸이 § 서경석

편집부장 § 권태완
편집책임 § 정수경

펴낸곳 § 도서출판 청어람
등록번호 § 제1081-1-89호
등록일자 § 1999. 5. 31
어람번호 § 제1-1756호

주소 § 경기도 부천시 원미구 심곡2동 163-2 서경B/D 3F (우) 420-822
전화 § 032-656-4452팩스 § 032-656-4453
http://www.chungeoram.com
E-mail § chungeorambook@daum.net

천년 용사

밀우 판타지 장편 소설

FANTASY FRONTIER SPIRIT

4

도서출판
청어람

CONTENTS

1장

귀
환

피이잉!

어두운 하늘 위로 붉은 마법 조명이 올라간다.

그 아래로 무성히 자란 풀 사이를 헤집고 움직이는 자들이 있었다.

"헉. 헉."

피가 묻은 갑옷을 입은 인간 청년과 호리호리한 체구의 여성 엘프는 서로에게 의지해 앞만 보며 뛰고 있었다. 그런 두 사람의 뒤로 수풀을 무참히 헤집으며 추격하는 자들이 존재했다. 여러 갈래로 나뉘어 쫓는 그들과의 거리는 점점 가까워져 갔다.

"날… 버려, 트리온."

"그럴 수는 없어."

거의 죽어가는 목소리로 여성 엘프가 말하자 트리온이라 불린 인간 청년은 이를 악물며 대답했다.

"에티엘, 조금만 더 버텨. 조금만 더 가면 숲이 나와."

"안 돼. 나까지 데려가면 숲에 도착하지 못할 거야. 그리고 이런 상처론 어차피 시온까지 가지도 못해."

에티엘은 자신의 복부에 남겨진 커다란 자상을 눈으로 가리키며 말하였다. 확실히 그녀 말대로 상처는 치명상에 가까웠다. 어찌어찌 치료를 하긴 했지만 이대로 있으면 몇 시간도 견디지 못하고 사망할 게 분명했다. 하지만 트리온은 그녀를 잡은 손을 놓지 않았다.

"동료를 버리고 나만 도망칠 수는 없어. 우린 살아도 같이 살고 죽어도 같이 죽는 그런 동료잖아."

"바보 같은 소릴……."

"이쪽이다!"

뒤에서 들린 마족어에 말을 나누던 둘은 순간 뒤를 돌아보았다.

끈질기게도 이곳까지 추적해 온 적들이 어느 사이엔가 근처까지 온 것이다.

"어서!"

트리온은 에티엘을 부축해 저 멀리 보이는 커다란 나무들이 자리한 숲으로 향했다. 하지만 부상 입은 에티엘을 떠안고 가는 것은 한계가 있었다.

게다가 상대편엔 피 냄새를 수 킬로미터 밖에서도 정확히 맡을 수 있는 다이어 울프들이 있었다. 결국 꼬리를 밟힐 수밖에 없었다.

"벌레 같은 놈들, 드디어 잡았다."

"정말이지 힘들게 하는 놈들이군."

황소만 한 몸집의 다이어 울프에 올라탄 기수인 오크와 홉고블린이 눈을 부라리며 에티엘과 트리온을 본다.

곧 다수의 마족 병사들이 수풀을 헤치고 두 사람을 포위하며 섰다. 약 스물 남짓 되는 전원이 염소 악마의 흉상을 상징화한 문장을 갑주의 왼편에 가지고 있다. 그것은 이들이 각 로드의 사병이 아닌 마왕 제노스 직속의 휘하 군단에 속한 병사임을 상징하는 것이었다.

이들은 마왕군 제 3군단으로, 예전부터 수림 팔로스 주변을 항시 지키던 병력이다.

최근 이노센트 라이트 활동이 활발해지자 이들은 이 일대의 경비를 강화했었다. 그러던 중, 우연찮게 작전 임무 후 귀환하던 이노센트 라이트의 대원들을 발견한 것이다.

20명에 달하는 대원은 집요한 추격에 쫓기어 하나둘씩 희생당하였고 결국엔 에티엘과 트리온만 살아남을 수 있었다. 그러나 이제 그것도 여기까지인 모양이다.

"크윽."

트리온은 주위를 에워싼 적을 보며 절망적인 표정을 지었다. 한편 에티엘은 이미 포기한 듯 눈을 감아버렸다.

이런 둘을 보던 울프 라이더 중 하나가 뿔 투구를 쓴 오크에게 조심스레 말을 건넸다.

"둘 다 체포할까요?"

"저 엘프 암컷은 오래 못 살 것 같으니 인간 수컷만 끌고 간다."

대장의 말에 다른 울프 라이더가 넌지시 말을 꺼냈다.

"헤헷, 아직 숨이 붙어 있는데 잠깐 가지고 놀아도 되겠습니까, 소대장님."

"쯧! 잠깐 시간을 주지."

"감사합니다."

대장의 말에 마족 병사들은 이내 희희낙락한 표정들을 지어 보였다.

그 모습에 트리온은 품 안에 지니고 있던 단검을 꺼내 들었다. 그것으로 어떻게 할 수 없음을 알지만 마지막까지 에티엘을 지키고자 취한 행동이었다.

그 모습을 본 마족 병사들은 킥킥거리며 웃었다.

"그걸로 반항하겠다는 거냐."

"비켜. 내 한 번에 처리하지."

굵디굵은 팔 근육을 과시하며 오크 한 명이 앞으로 걸어 나왔다. 뻐드렁니를 드러내며 자신을 과시하는 그를 보며 트리온은 입술을 꽉 깨물었다.

절망적인 지금, 그에게 이 상황을 극복할 수 있는 방법은 없었다. 차라리 혼자라면 이곳에서 대업을 위해 숭고하게 자기 희생을 할 것이었다. 그러나 에티엘이 뒤에 있었기에 그런 결심은 쉽게 할 수 없었다.

이런 망설임은 곧 상대에게 기회를 주었다.

기습적으로 날아든 언월도에 의해 단검이 저 멀리 수풀로 날아갔다. 갑작스런 일격을 허용한 트리온은 방금 전 단검을 들었던 팔목에서 전해지는 강렬한 통증에 신음을 내뱉었다.

"크크크."

여유를 갖고 오만하게 웃는 오크를 보며 트리온은 주먹을 말아 쥐었다. 그리고 먼저 앞으로 달려가 주먹을 있는 힘껏 휘둘렀다.

퍽.

둔탁한 소리가 들린다. 날린 펀치는 정확히 상대의 명치에 명중했다. 그러나 상대 오크의 몸은 미동도 하지 않았다.

곧 트리온은 앞에서 날아든 발차기에 배를 걸어 차여 뒤로 나뒹굴었다. 그 모습에 한 마족이 툭 내뱉었다.

"허약한 종족 같으리라고. 고작 그런 걸 주먹이라고 날리다니."

"좀 더 힘을 써보라고."

갑자기 투기장 분위기가 된 것 같다. 트리온은 힘겹게 몸을 일으켰다.

그 모습에 오크는 도발적인 손짓을 하며 말을 했다.

"어디 한번 쓰러뜨려 봐라. 그리만 한다면 저 엘프 계집을 순순히 놔주지."

"큭!"

저 말이 사실인지 아닌지 알 수 없다. 진짜가 아닐 가능성이 훨씬 컸지만 트리온은 오크의 말대로 싸우기로 했다.

"흐아앗!"

기합 소리를 내지르며 트리온은 맨손으로 오크에게 덤볐다.

이노센트 라이트의 정식 대원인 트리온은 결코 약한 자가 아니었다. 격투 실력도 충분히 쌓았고 마족과의 전투 경험도 많았다.

그럼에도 불구하고 트리온은 시종일관 오크에게 농락당하기만 했다. 상대가 만약 보통의 마족이었다면 이렇게까지 당하지만은 않았을 것이다.

지금 상대하고 있는 오크는 마족 중에서도 엘리트만이 들어갈 수 있는 마왕 직속 군단에 속한 병사이다. 애초에 신체 능력부터가 다른데 거기에 우수한 전투 능력까지 가진 그를, 무투가도 아닌 트리온이 맨손으로 이기기란 애당초 어려운 일이었다.

"그것 가지고 되겠어, 앙?"

"크헉!"

아래에서 불쑥 날아든 펀치가 턱에 맞으면서 트리온은 다시 한 번 바닥에 널브러졌다.

꼴사나운 모습에 주변에서 구경하던 마족들은 비웃음을 날렸다. 한편 모든 것을 지켜보던 에티엘은 한 방울의 눈물을 뺨을 통해 흘렸다.

"크룩! 자, 어서 일어나 덤벼봐."

"크으윽."

입가에 묻은 피를 닦을 새도 없이 트리온은 상체를 일으키려 했다. 그러나 그의 몸은 무정하게도 말을 듣지 않았고 다시 털썩 바닥에 누워야 했다.

"크하하하."

"꼴 한번 볼 만하네."

조롱 섞인 말들이 들림에도 불구하고 트리온은 일어서려 했다. 이런 그를 보며 에티엘은 힘이 없는 목소리로 간절히 말했다.

"제발 그만둬요."

목소리가 안 들리는 것일까, 아니면 듣고도 모르는 척하는 것일까. 트리온은 다시 한 번 힘을 짜내 자꾸만 허물어지려는 자신의 몸을 의지력 하나로 일으켰다.

퍽. 퍽.

일어난 트리온을 상대로 오크는 가혹하리만큼 잔인한 린치를 가했다.

쓰러질 법도 했지만 트리온은 심하게 비틀거리면서도 꿋꿋이 버텨냈다. 그런 그의 모습에 짜증을 느낀 오크는 뒤로 당긴 주먹에 힘을 주었다.

그것이 자신에게 날아들면 다시는 일어서지 못하게 되리라는 것을 알면서도 트리온은 물러서지 않았다. 곧 그는 자신의 죽음을 예감하고 눈을 고요히 감았다.

그때였다. 멀리서 길게 자란 풀을 가르며 무언가가 빠르게 날아왔다.

"컥!"

단말마의 비명과 함께 트리온을 구타하던 오크가 쓰러진다. 그의 목에 꽂힌 건 아까 트리온이 쥐고 있던 단검이었다. 그 모습에 일순 모두가 동작을 멈춘다. 단검이 날아든 방향에서 한 목소리가 들려왔다.

"소란스런 소리가 들려 와봤더니 이런 데서 얼쩡거리고 있었던 것이냐, 마왕군."

"웬 놈이냐!"

한 마족 병사가 소리친다. 이에 수풀을 좌우로 젖히며 가까이 오던 이는 서늘한 음성으로 말하였다.

"너희를 지옥으로 데려갈 사신이다."

그 말과 동시에 수풀에서 검은 인영이 튀어나와 마왕군의 병사들을 급습했다.

*　　*　　*

기습적인 공격에 당황할 법도 했지만 여기 있는 마족 병사들은 나름 정예 병사였기에 혼란에 빠지진 않았다.

"크라!"

우렁찬 고함과 함께 한 오크가 공중에 뜬 검은 인영을 노리고 창을 찔러 왔다. 공중에 부유한 상태에서 빠르게 뻗쳐 오는 창을 피하는 것은 쉽지 않은 일이다. 그러나 그러한 상식을 깨며 공중에 떴던 스스로를 사신이라 지칭한 인물은 하늘빛 파문을 일으키더니 재차 공중을 날았다.

"아닛?"

예상했던 지점이 아닌 다른 곳에서 착지한 상대를 쫓아 마족들의 고개가 움직였다.

"훗."

가벼이 웃으며 황망한 눈빛으로 자신을 보는 마족의 모습에 이델은 자세를 가다듬었다. 그리고 바로 뒤에 있는 트리온을 향해 말을 건넸다.

"당신, 이노센트 라이트지?"

"그, 그렇습니다. 그러는 당신은 대체 누구십니까."

"나에 대해 모르나."

이델이 시온에 있을 때 트리온이 속한 부대는 이미 외부로 작전을 나간 뒤였다. 그런 까닭에 이델을 알아보지 못한 것이다.

그때, 이델은 등 너머로 금방이라도 사라질 것처럼 아주 미약한 생명력을 감지했다. 지금 중요한 것은 따로 있었다.

"내가 정리할 때까지 저기 있는 이의 목숨을 지탱할 수 있겠어?"

"예?"

"지금 저 상태로 두면 살릴 기회마저 놓치고 만다. 조금이라도 더 버틸 수 있게 옆에서 격려의 말이라도 해주란 말이야.

내 말 이해하겠어."

"정, 정말이십니까."

전부 이해할 정신이 아니었지만 그 와중에도 트리온은 살릴 기회가 있다는 말에 눈빛을 반짝였다.

에티엘을 살릴 수 있다. 이 사실에 트리온은 희망을 가졌다. 곧 그는 후들거리는 다리를 움직여 에티엘이 쓰러져 있는 장소로 향했다.

기척을 느끼며 이델은 성검을 뽑아 들었다.

"시간이 별로 없다. 어서 덤벼."

"감히 인간 따위가. 우와아악!"

아까 공격을 실패한 오크가 괴성을 지르며 이델을 향해 돌진했다.

그 모습을 보며 이델은 마주 달렸다. 찰나의 엇걸림이 있었고 피가 솟구쳤다.

"저, 저건!"

"크윽! 다들 조심해라."

방금 오크를 벤 성검에는 하늘빛 오러가 청명하게 빛나고 있었다. 이를 알아본 마족 병사들은 방금까지의 득의양양함을 버리고 굳은 표정을 지었다.

오러 유저를 상대로 도망치지 않는 것만 봐도 이들이 정예병임을 알게 해주었다.

'확실히 잘 훈련된 병사들이다. 그러나 내 상대는 안 돼.'

죽어가는 이를 구해내려면 1분 1초도 낭비해선 안 되었다.

하여 이델은 초반부터 전력으로 싸우기를 각오했다.

순간 흐릿한 잔영이 만들어지고 이델이 마족 병사들 사이로 파고들었다. 성검을 휘둘러 적들을 베는데 그 일격을 제대로 받아내는 상대는 없었다.

"크왕!"

"꺼져랏!"

이빨을 드러낸 다이아 울프의 목을 단칼에 베고 이델은 기수마저도 베었다.

이제 남은 적은 열 명 남짓. 울프 라이더는 두 명이었다.

"스톰 디바이드!"

이때, 돌연 연녹색의 참격들이 이델 주변의 적을 무참히 베었다.

참격에 의해 베여진 풀잎들이 무성히 날리는 가운데 저 멀리에는 이올라와 소녀 아리스, 그리고 그 둘보다 조금 뒤에서 몸을 돌려 자신의 존재를 애써 드러내지 않으려는 고블린 쿠우카가 있었다.

"동료가 있었나."

"이제 너뿐이다."

다른 자들은 이올라의 공격에 죽거나 다쳐 쓰러졌고 남은 건 대장으로 보이는 오크뿐이었다.

이델과 눈을 마주친 그는 타고 있는 다이아 울프와 함께 포효했다.

"크워어어어."

"아우우우!"

그 소리는 사방으로 넓게 퍼져갔다.

가깝게 서 있던 이델은 눈썹 하나 까딱 안 했지만 이런 것에 면역이 없는 아리스는 두 손으로 귀를 막고 두려워했다.

"트리온… 지금 이건……."

"걱정 마. 넌 살 수 있어."

에티엘의 손을 꽉 잡고 트리온은 말했다. 그는 간절한 눈빛으로 이델의 뒷모습을 보았다.

"창공검."

이델은 성검의 표면에서 일렁이는 오러를 검의 형태로 바꿨다. 그리고 상대의 정면으로 달렸다.

오크의 글레이브가 매섭게 이델의 머리를 노렸다. 동시에 다이어 울프의 앞발도 묵직하게 날아왔다. 하지만 이델은 멈추지 않았다.

"타하핫!"

수직으로 힘껏 내려친 일격. 그것은 기수와 다이아 울프를 한 번에 가르고 그 뒤의 대지와 수풀까지 가로베어 내는 위력을 드러냈다.

쿵.

육중한 소리와 함께 바로 앞에서 시체가 쓰러진다.

이델은 그것을 보지도 않고 곧장 뒤로 돌아 에티엘과 트리온이 있는 곳으로 달려갔다.

"제발! 에티엘을 살려주십시오."

"알겠어."

트리온의 간절한 말을 들으면서 이델은 신성력을 사용하는 신성 주문을 사용했다.

"로이아스여, 그대의 종이 청하오니 지금 이곳에 죽어가는 생명을 살릴 수 있는 권능을 펼칠 수 있게 도와주소서."

주문이 완성되자 신성력이 이델의 양손으로 모였다. 그 손을 에티엘의 상처에 가져가니 치료의 힘이 작용하여 상처를 아물게 했다.

"세상에……."

이 정도의 중상을 치료할 만큼 강한 신성력을 본 적이 없는 트리온은 치유의 빛을 보며 놀라움을 감추지 못했다.

어느 정도 상처가 메워지자 이델은 신성 마법을 바꿔 기력을 회복시켰다. 그러자 방금까지만 해도 창백하던 에티엘의 안색이 본래의 혈색을 찾아가는 것을 볼 수 있었다.

그제야 이델은 안도하며 마법을 멈추었다. 그리고는 트리온에게 말을 전했다.

"위기는 넘겼어. 조금 휴양한다면 다시 원상태로 회복될 거다."

"아아."

그 말에 트리온은 뭐라 말을 할 수 없을 정도로 감격에 찬 얼굴을 하며 에티엘의 얼굴과 이델의 얼굴을 번갈아 보았다.

이델이 에티엘을 치료하는 동안 걸음을 옮겨 근처로 온 이올라는 쓰러진 마족에게서 시선을 돌려 누워 있는 에티엘을 보았다.

이올라는 곧장 이델에게 물었다.

"그녀는 무사한가요?"

"어, 그래."

씩 웃으며 이델은 대답했다.

이올라의 목소리를 들은 트리온은 깜짝 놀라 고개를 돌렸다.

"공, 공주님?"

"오랜만이네요, 트리온."

이델과 다르게 이올라과 트리온은 서로를 잘 알고 있었다.

"음?"

이델이 갑자기 저 멀리를 쳐다본다. 그러기를 한참 하다가 불쑥 말을 꺼냈다.

"이런, 아무래도 다른 곳에도 마왕군이 있었던 모양이군. 이쪽으로 빠르게 모여들고 있어."

"그런."

"일단 여기를 벗어나는 게 먼저인 것 같아 보이네."

이델은 그리 말하며 트리온에게도 신성 마법을 행사했다.

덕분에 트리온은 몸을 움직일 정도로 회복되었다. 이델은 에티엘을 앞으로 해서 안았다.

"실례."

"천만에요."

이델은 아리스를 마찬가지로 안은 이올라를 보았다.

이때, 트리온이 한쪽에 쭈뼛하며 서 있는 쿠우카를 보며 말을 했다.

"그런데 저 고블린은 대체 뭡니까."

"으음… 자세히 말하자면 긴데. 어쨌든 위험한 놈은 아니니 안심해도 돼."

"알겠습니다."

쉽게 수긍하긴 어려웠지만 생명을 구해준 은인이기에 트리온은 이델의 말에 토를 달지 않았다.

이올라가 모두를 보며 말했다.

"서두르죠. 숲 안까지 들어간다면 아무리 라이더라도 쉽게 우릴 추적하진 못할 겁니다."

"그래."

이올라의 말에 이델은 고개를 끄덕이며 답했다. 일행은 곧 숲을 향해 움직였다.

*　　*　　*

몇 개월 만의 귀환.

이델은 오랜만에 보는 시온의 모습에 반가움과 그리고 안도감을 느꼈다.

이제야 비로소 마음 놓고 쉴 수 있는 땅에 왔다. 그 사실만으로도 한결 몸이 가벼워지는 느낌이었다.

"멈춰라."

결계를 정해진 규칙에 따라 통과하고 들어온 이델 일행을 서른 남짓의 인원이 포위한다. 엘프와 드워프, 수인족 등으로 구성된 그들은 시온을 지키는 수비대의 병력이었다.

이들의 제지에 선두에 섰던 이델을 포함한 모두가 제자리에 섰다. 제일 뒤에 있던 쿠우카는 가장 안절부절못하는 모습을 보였다.

"고블린?"

일행 중 마족이 있음을 확인한 엘프 궁사가 그쪽으로 활을 겨눈다. 이를 본 이델은 다급히 말을 했다.

"잠깐 기다려. 저 녀석은 우리 편이다."

"마족이 같은 편이라고?"

아무래도 쓸데없는 오해를 낳은 모양이다. 삽시간에 포위한 수비대 병력의 분위기가 싸늘하게 변한 것을 볼 수 있었다.

그 모습에 이델은 차분히 설명했다.

"이자는 우리가 귀환하는 데 도움을 준 자다. 그리고 스스로 마족의 편이 아닌 우리의 편에서 서기로 한 자이니 경계하지 않아도 돼."

이곳까지 쿠우카가 따라온 것은 사실 자의 반 타의 반이었다.

원래대로였다면 쿠우카는 이곳에 오기 전에 적당히 떠나보냈어야 했다. 그러나 다르나로스 탈출 후로 연이어 벌어진 교전 중에 그 역시 마왕군에게 위험 분자로 찍히게 되고 말았고 목숨이 위태로운 지경이 되었다.

설령 이델이 놓아준다고 해도 이미 한패로 몰려 바로 붙잡힐 것을 안 쿠우카는 그야말로 뒤늦은 후회를 하며 이델에게 이곳까지 오게 해달라고 간청했다. 차마 그 요청을 거절할 수 없었던 이델은 전향을 조건으로 쿠우카를 데려온 것이다.

하지만 이런 상황을 수비대는 쉽게 받아들이지 못했다.

"누가 그 말을 믿을까. 성스러운 이 땅에 추악한 마족을 들이다니. 제정신이 아니고선 할 수 있는 짓이 아니다."

"그래! 혹시 너희, 마족에게 포섭되어 다른 뜻을 품고 온 것은 아니겠지?"

"잠깐, 우리가 온다는 이야기 못 들은 거야? 몇 개월 동안 고생고생해서 돌아왔는데 이런 식으로 대접하다니. 해도 너무하는 거 아냐."

몇 개월이나 고생하여 돌아온 사람에게 이래도 되나 싶을 정도의 반응이었다. 울컥 화가 치민 이델은 한마디 더 쏘아붙이려 했다. 그러나 그전에 이올라가 먼저 나섰다.

"이올라 델 에멘시아다. 그쪽의 부대장은 누구지?"

"에멘시아라고?"

"이노센트 라이트의 그 오러 유저 아가씨인가."

이름만 댔을 뿐인데 수비대의 대원들 사이에서 쑥덕거리는 소리들이 들려왔다.

이 상황에서 한 녹색 머리의 청년 엘프가 나섰다.

"난 제 33수비대 소속의 이스티엘이라 한다. 우린 그대들이 온다는 보고를 받지 못했다."

"아무래도 연락이 이쪽까지 닿지 못한 것 같군요. 그렇다면 이노센트 본부에 연락을 취하길 요청합니다."

"…좋다."

이스티엘은 손짓을 해 후방에 있던 드워프 마법사를 불렀다.

"통신을 보내서 확인해 보도록."

"알겠습니다."

"그쪽은 잠시 대기할 수 있기를 바란다."

"알겠습니다."

이올라는 차분히 말하고 이델에게로 시선을 돌렸다. 지금 상황을 자신에게 맡기라는 암묵적인 신호였다. 이를 눈치챈 이델은 일단 잠자코 기다려 보기로 했다.

통신 마법이 연결될 때까지 양측은 어느 정도 거리를 두고 조용히 대치했다.

"아, 예. 알겠습니다."

통신 마법으로 이노센트 라이트의 본부에 있는 마법사와 말을 주고받은 드워프 마법사가 이스티엘에게 정보를 전달했다.

"이올라 부대의 부대장인 이올라 경과 동행 대원인 이델이 임무를 마치고 귀환한 것이 사실이랍니다. 더불어 그 동행인들도 이노센트 라이트가 이미 신변을 확인한 자들이니 통과시켜도 무관하답니다."

"그래?"

이스티엘은 힐끔 이델 일행을 보고 다시 한 번 드워프 마법사에게 물었다.

"확실한가."

"확실합니다."

"…알겠다."

재차 확인하고 나서야 이스티엘은 이델 일행에게 통보를 하였다.

"통과해도 좋소."

"진작 그럴 것이지."

그제야 지나갈 수 있게 된 이델은 바로 걸음을 옮겼다. 그 뒤를 이올라와 아리스, 그리고 많이 회복되어 걸을 수 있게 된 에티엘과 트리악이 따랐다. 마지막으로 쿠우카가 주변의 눈치를 보며 조심스럽게 앞으로 발걸음을 떼었다.

이델과 일행은 곧장 이노센트 라이트의 본부가 있는 곳으로 갔다.

건물 밖에는 소식을 듣고 나온 이들이 있었다. 그중엔 낯익은 얼굴도 상당히 많았다.

"이올라 언니!"

눈물을 보이며 단걸음에 뛰어온 캐넌이 이올라의 품에 덥석 안긴다.

이델은 켄타우르스 관과 거인족 전사 하프만, 그리고 이노센트 라이트의 총대장인 군터의 모습을 차례대로 확인하였다. 그런데 그들 말고도 눈길을 잡아끄는 이가 있었다.

'저 드워프, 오러 유저인가.'

대놓고 드러내지는 않지만 오러의 기척이 전해져 온다.

이델이 본 드워프는 하얀 수염을 세 가닥을 땋아 늘어뜨린 중년의 드워프였다. 등에는 그의 몸통만 한 배틀 엑스가 매달려 있는 것을 볼 수 있었다.

지금 이 자리에 있는 것을 보아 이델이 보지 못한 이노센트 라이트에 소속된 오러 유저임이 분명해 보였다.

"잘 돌아왔네."

"군터 님."

말을 걸어온 군터를 보며 이델은 진지한 표정을 지었다.

캐넌을 품에 안았던 이올라 또한 잠시 자세를 바로 하고 군터를 맞이했다.

이런 두 사람을 보며 군터는 말하였다.

"둘 다 이렇게 다시 만나게 되니 무척이나 기쁘군."

"후훗."

"심려를 끼쳐 드려서 죄송합니다."

편하게 웃는 이델과 다르게 이올라는 정색하며 대답했다. 이에 군터는 고개를 저으며 말을 하였다.

"그런 말 말게. 사과를 한다면 오히려 무리한 임무를 두 사람에게 떠맡긴 내가 해야 할 테지. 자네들에게서 연락이 왔을 때 얼마나 고마웠는지 모를 정도네."

지금 말에서 진심을 느끼는 것은 그렇게 어렵지 않았다.

이때, 옆에서 있던 판이 말을 해왔다.

"자네들이 갔던 지역의 모든 생명체가 한꺼번에 정체불명의 존재로 인해 전멸했다는 보고를 받았을 땐 솔직히 두 사람의 생환을 기대하지 못했네."

"뭐 그럴 법도 하죠."

이델은 고개를 살짝 끄덕이며 말했다.

로스틴이 남겼던 파괴의 흔적만 놓고 보면 생존을 기대하기 힘들었을 것이다.

"그래도 군터 총대장님은 두 사람의 생존을 믿고선 대원들을 사방에 풀어 자네들을 찾았었네."

"그럴 거라 생각하고 있었습니다."

"아무튼 내가 하고픈 말은 하나일세. 잘 돌아왔네."

"네."

판의 말에 이델은 미소를 보였다. 하프만도 말을 보탰다.

"나 역시도 자네들의 귀환을 기쁘게 생각하네."

"고맙습니다, 하프만 님."

인간화된 모습의 하프만과 이델은 손을 마주잡았다.

이델은 오늘 처음 본 드워프에게도 악수를 청했다.

"이델 카스트로라고 합니다."

"마운틴 드워프의 피를 물려받은 어스 파이터 누크란이네. 만나서 반갑네."

호의적인 태도로 대답한 누크란은 이델을 위아래로 한 번 쭉 본 뒤에 말을 했다.

"자네에 대해선 소문을 들어 대략 알고 있다네. 외부에서 온 오러 유저라지?"

"하하, 네."

"새로운 아군 오러 유저를 만나는 일은 매우 힘들지. 언제 한번 나하고 시원하게 붙어보는 게 어떤가."

"어스 파이터의 실력을 경험할 수 있다면 나쁘지 않은 제안일 것 같군요."

"하하핫! 제법 나와 마음이 통하는 친구구만."

호방하게 웃으며 누크란은 자신의 머리 꼭대기와 비슷한 위치에 있는 이델의 어깨를 두꺼운 손으로 두들겼다.

이델이 이렇게 모두의 인사를 받을 때도 이올라 역시 비슷하게 사람들로부터 환영의 인사를 받았다. 거의 모두가 인사를 나눈 것을 확인한 군터는 이델과 이올라를 불렀다.

"그럼 잠시 두 사람은 나와 따로 보지."

"…알겠습니다."

올 게 오고야 말았다. 군터가 무슨 의도로 저런 말을 한지 잘 아는 이델은 미소를 거뒀다.

자리를 옮기려는데 잠시 작은 문제가 생겼다.

"아리스, 잠시 이 언니랑 있어."

"……."

새로 온 곳이라 아직 모든 게 낯선 아리스는 이올라에게서 쉽사리 떨어지지 않으려 했다.

그 모습을 본 캐넌은 자기보다 작은 아리스와 눈높이를 맞추면서 말하였다.

"나랑 놀자."

"······."

난생처음 보는 묘인족이 낯설고 두려웠는지 아리스는 선뜻 캐넌과 눈을 마주치지 않았다.

캐넌은 잠시 고민하더니 자신의 꼬리를 움직여 살살 아리스의 눈앞으로 들이밀었다. 갑자기 신기한 것이 나타나자 처음으로 아리스는 관심을 보였다.

"자자."

캐넌은 자신의 꼬리를 살랑이며 아리스에게 장난을 쳤다.

처음에는 주저하던 아리스는 작은 손을 뻗어 그 꼬리를 만졌다. 감촉이 나쁘지 않았는지 잡은 손을 떼지 않고 꼬리를 만져댔다.

그렇게 아리스의 주의가 다른 것에 쏠리고 나서야 이올라는 비로소 자리를 떠날 수 있었다.

"저기··· 주인님."

쿠우카는 이델에게 주인이라 칭하며 살짝 매달렸다. 아마도 자신 혼자 여기 내버려 두지 않겠지? 뭐 이런 뜻에서 말을 건넸으리라.

"너도 남아 있어."

"예엣? 하지만······."

자신이 이곳에서 어떤 존재인지 누구보다 잘 아는 쿠우카였다. 울상을 짓는 그를 보며 이델은 차분히 말하였다.

"얌전히 있으면 아무도 해치지 않을 거다. 그러니 잠자코 기다리고 있어."

"으… 예."

쿠우카까지 남기고 이델은 이올라와 단둘이 군터 앞에 섰다.

"그럼 내 방으로 가지."

"그러죠."

"예."

아는 얼굴을 다시 본 기쁨은 잠시 잊고 이제는 중요한 이야기를 나눌 차례였다.

*　　　*　　　*

군터의 집무실에 모인 세 사람은 일단 편한 소파에 앉아 찻잔을 들었다.

향기 나는 허브 차는 고된 여정의 피로를 한 번에 씻게 해줄 정도로 좋았다.

군터는 곧 찻잔을 내려놓으며 말을 하였다.

"지부에서 보낸 정보는 확인했네. 하나같이 믿기 어려운 것들이더군."

"당연히 그럴 것입니다."

군터는 대답한 이델을 정면으로 응시하였다. 눈빛이 엇갈리는 가운데 대화가 이어졌다.

"자네가 용사라는 말, 사실인가."

"예."

군터의 질문에 이델은 평온한 어조로 답했다.

잠시 머물렀던 이노센트 라이트의 지부에서 이델은 자신과 이올라가 겪었던 일과 본인의 정체를 간략히 적어 전서구를 통해 보냈다.

군터가 반신반의할 것 같았기에 이델은 신성력을 살짝 드러냈다.

"이 힘은 인간의 신이신 로이아스 님께서 잠시 제게 깃들었을 때 남겨주신 힘입니다. 아실지 모르겠지만 오러, 마력, 그리고 신성력 모두를 다룰 수 있는 이는 용사뿐입니다. 그리고 이것."

이델은 자신이 허리에 차고 있던 허름한 검집에서 성검을 뽑아 들었다.

드러난 성검의 자태에 군터는 자신도 모르게 신음을 내뱉었다.

"이 검은……."

"제가 천 년 전에 썼던 성검입니다."

"도저히 믿기지 않는군. 정말로 자네가 천 년 전에 활약했던 바로 그 용사란 말인가."

"그렇습니다."

이델은 이후 군터에게 전 마왕과 최후로 싸웠던 일과 그 뒤 자신이 붕괴된 마왕성에 파묻혔던 일, 그리고 성스러운 무구의 힘으로 천 년 이상 잠들어 있었던 것까지 모두 상세히 말했다.

이 이야기를 군터는 묵묵히 경청하였다.

"…해서 이올라의 도움으로 구원을 받았죠."

"그렇군."

"아직 완벽하게 믿기 어려운 건 압니다. 솔직히 저 역시 이것을 어떻게 밝혀야 할지 많이 고민했을 정도였으니 말입니다."

이델의 말에 군터는 깍지를 끼며 입을 열었다.

"난 자네가 거짓을 말한다고 생각지 않아. 오히려 이 사실을 안 순간, 처음으로 희망을 볼 수 있었네."

"희망입니까? 그렇게 생각해 주시니 고맙긴 하지만 제가 그렇게 대단한 사람인 것은 아닙니다."

살짝 쑥스러워하는 이델을 마주보며 군터는 고개를 가로젓고는 다시 입을 열었다.

"그렇지 않네. 지금은 많이 잊혀졌지만 용사의 존재가 마왕을 적으로 삼는 모두에게 마음의 의지가 될 수 있다고 나는 알고 있네. 언제고 그런 존재가 다시 나타나 줄 것이라고 실낱같은 기대를 가지고 있었는데 마침내 그게 현실이 되었으니 이것을 기적이라 아니 말할 수 있겠는가. 하니 여기에서 희망을 찾는 건 당연한 일이지."

"…황송할 따름입니다."

군터의 신뢰는 더 이상 묻지 않아도 될 정도였다. 오히려 그의 큰 기대감에 부담을 느낄 정도였다.

두 사람의 대화가 잠시 멈추자 조용히 앉아 있던 이올라가 말을 꺼냈다.

"평의회에선 이 사실을 알고 있나요?"

"알고 있다. 현재 두 사람이 보낸 정보를 아는 건 평의회의 의원들과 나뿐이지."

전달한 정보가 군터만이 아닌 다른 사람 귀에도 들어갔다는 말에 이델은 질문을 했다.

"그들은 어떻게 받아들입니까."

"으음. 솔직히 말하자면 의견이 아직도 분분한 상태네. 그 문제에 대해서는 차후에 자네가 평의회에 가 이야기를 해야 될 것 같네."

"역시… 그렇군요."

어느 정도 예상했던 문제였다.

이는 군터의 말대로 평의회에 직접 출석해 해결해야 할 문제라고 이델은 판단했다. 그러면서 중요하게는 생각지 않았다.

설령 평의회의 의원들이 자신을 용사라고 인정 안 한다고 해도 자신이 용사임은 분명한 사실이다. 앞으로의 활동에 문제만 없다면 이델은 지금껏 그래왔듯 용사임을 굳이 밝히지 않을 작정이었다.

충분히 이야기가 된 것 같아 이델은 다른 화제를 꺼냈다.

"그보다 더 중요히 이야기할 게 따로 있지 않습니까."

"마왕 제노스에 대해 말하는 건가."

"그렇습니다."

"후! 그 부분에 관해서는 나도 묻고 싶은 게 많았네. 우선 첫째로, 그와의 만남이 단순한 우연이었나."

"그렇다고 할 수도 있고 아니라 할 수도 있습니다."

이델은 그리 말하곤 이올라에게 살짝 시선을 돌렸다. 그 무언의 시선이 무엇을 의미하는지 아는 이올라는 바로 말을 하였다.

"당시엔 상대가 마왕이라는 인식을 전혀 하지 못해 단순히 우연적인 만남이라고 생각했었습니다. 하지만 돌이켜 생각해 보면 그는 처음부터 우리 두 사람의 존재를 인지하고 접근을 했던 것으로 보입니다."

"역시 의도적인 접근이었나. 그렇다면 두 사람의 정체도 아는 눈치였나."

"아뇨, 그렇지는 않아 보였습니다. 당시 그는 순수한 호기심으로 우리에게 접근했습니다."

이올라 다음으로 말을 한 이델은 다시 이올라를 보았다.

"그가 했던 말들을 토대로 추측컨대, 그는 마법사 로스틴이 펼친 최후의 마법에서 뿜어졌던 마력에 관심을 갖고 그쪽으로 향하던 것으로 보입니다. 그러던 중 우연찮게 우리의 존재를 알고 접근했을 겁니다."

"그렇군."

"상대가 처음에 하프 엘프의 모습을 하고 있어 실체를 드러내기 전까지 그가 마왕이라는 사실을 전혀 몰랐습니다."

"그럴 수 있지. 마왕의 실체에 관한 기록은 현재 거의 없는 데다가 직접 목격한 자도 손에 꼽을 정도니깐. 만약 자네들이 말했던 그 블랙 드래곤이 나타나지 않았다면 정체를 전혀 알지 못했을 테지."

"마왕을 마주치고도 아무것도 해내지 못했습니다."

"너무 상심하지 말게, 이올라 경. 상대는 이 세계에서 가장 위험한 존재일세. 그가 진짜 정체를 드러낸 상황에서 탈출한 것 자체가 대단한 일이라 난 생각하네. 그 덕에 이런 정보도 얻지 않았는가."

"네."

마왕 제노스 앞에서 무력했던 자신을 상기하며 상심하는 모습을 보이는 이올라와 그녀를 격려하는 군터를 함께 보는 이델의 눈빛이 살짝 흔들리고 있었다. 뭔가 하고픈 말이 있는 것처럼 보였다.

아직 100% 단정 지을 수 없는 이야기였다. 허나 곧 마음의 결심을 내린 이델은 두 사람을 보며 아직 누구에게도 한 적 없는 말을 꺼냈다.

"…마왕에 대해서 좀 더 할 말이 있습니다."

"뭔가?"

"이 이야기는 아직 이올라 경에게도 하지 않은 것입니다."

마왕 제노스에 대한 말이 더 남았다는 사실에 두 사람은 관심을 가졌다.

"제가 마왕 제노스와의 싸움 중에 인간의 신 로이아스 님과 접촉하였단 말을 아까 드렸지 않습니까."

"음, 그랬지. 솔직히 그 말도 대단히 충격적인 말이었지. 지난 300여 년간 신과의 대화를 성공시킨 신관이 전무한 데다가 신들의 힘조차 미미하게 전달되어 사실상 신성 마법이 사장된 현재에 신이 직접 이 땅에 내려와 깃들었다는 게 가능키나 한 일인가. 자네가 그 증거인 신성력을 드러내지 않았다면 이에 대해서는 반신반의했을지도 모르겠네."

"그럴 거라 생각했습니다."

"그런데 그것을 왜 다시 이야기하는가."

"이상하지 않습니까. 이제껏 숱한 신관들이 할 수 없었던 일을 제가 성공시킨 게 말입니다."

"그야… 자네가 용사라 가능한 일이 아니겠는가."

그 말에 이델은 고개를 좌우로 저었다. 그리곤 말했다.

"용사라는 존재가 여러 신의 도움을 받아 존재하지만 그렇다고 신을 섬기는 자는 아닙니다. 제가 살던 시대에 몇 번 신과 영접할 기회가 있었지만 그 모두 신관의 도움을 받아 가능했었습니다. 그런데 마왕에 의해 신들이 추방된 지금 그런 일이 가능하시라 보십니까?"

"음……."

이델의 말을 이해한 군터는 무겁게 신음을 흘렸다.

이때, 군터를 대신해 이올라가 질문을 하였다.

"그럼 어떻게 그 일이 가능했던 것이죠?"

"나도 처음에 몰랐어. 하지만 불현듯 어떤 가능성이 떠오르더군. 어디까지나 추측이긴 하지만 한 가지 가설을 세워볼 수 있었어."

"한번 말해보게."

이델은 눈빛을 반짝이며 자신을 보는 두 사람의 시선이 아주 살짝 부담스러웠지만 내색하지 않고 말을 꺼냈다.

"당시 로이아스 님과의 접촉 직전, 마왕 제노스는 블랙 드래곤과의 전투를 위해 근방 지역에 살포된 자신의 마기를 받아들였습니다."

"마기를 받아들였다고?"

"예. 마왕 제노스는 그전까지만 해도 아무 힘도 느껴지지 않는 평범한 하프 엘프였습니다. 물론 특별한 능력을 보이긴 했지만 말입니다. 제가 과거에 상대한, 넘쳐흐를 정도로 막대한 마기를 몸에 소지하고 있었던 전대 마왕과 상반된 모습이었죠. 덕분에 전 눈앞에 마왕이 있음에도 전혀 그 사실을 눈치채지 못했었습니다."

"확실히 그때 주변에서 막대한 힘이 그에게 모여들었던 것으로 기억해요. 그게 마왕이 마신으로 받은 마기였다고 저도 생각합니다."

이올라도 한마디 거들어주었고 이델은 거기에 힘을 얻어 자신의 가설을 밝혔다.

"전 그것이 명운 강탈 마법, 그리고 신들의 영향력이 현재 이 땅에 닿지 못하는 원인이라 생각합니다."

"마왕의 마기가 말인가?"

마신으로부터 비롯된 힘인 마기가 마왕에게 있는 게 아니라이 세상 전체에 있다는 말은 선뜻 받아들이기 쉽지 않은 것이었다.

이델 역시 이 부분에 관해서는 확신을 갖고 있지 않았다.

"자연상의 마나보다 옅게 퍼져 있어 마법사나 오러 유저도 쉽게 알아채지 못했을 것입니다. 이에 관해서는 앞으로 면밀한 조사가 필요할 것입니다."

"물론 그래야겠지."

이제 좀 믿는 눈치였기에 이델은 가장 말하기 어려운, 그러나 그만큼 중요한 말을 꺼냈다.

"그리고… 이 가설이 사실이라면, 마왕을 토벌할 방법이 있을지도 모르겠습니다."

"……!"

이델의 발언에 군터와 이올라는 평정을 깨트리며 충격받은 눈빛으로 이델을 보았다.

다른 존재도 아니고 300여 년간 이 세계를 좌지우지한 마왕을 토벌할 수 있는 방법이라니. 이제껏 이런 말을 꺼낸 자는 단 한 명도 존재하지 않았다.

그랬던 만큼 이델의 말이 주는 의미는 클 수밖에 없었다.

*   *   *

잠깐의 정적이 방 안에 흘렀다. 이델이 한 말이 가져온 후폭풍이 그만큼 컸던 것이다.

자신을 보는 시선을 느끼며 이델은 말하였다.

"마왕 제노스가 마기를 받아들이는 것이 자신을 중심으로 한 지역 전체라는 것을 전제로 할 때, 마기를 사방에서 차단만 할 수 있다면 그의 힘이 일정 이상으로 늘어나는 것을 막을 수 있을지도 모릅니다."

"음……. 자네 말대로 마왕이 전 세계에 걸쳐 뿌려둔 자신의 마기를 모두 취하지 못한다면 그 힘이 약화될 수 있겠지. 하지만 어떻게 그리 한다는 말인가."

"방법이 아주 없는 것은 아닙니다."

맨 처음 이에 대한 생각을 떠올렸을 때 실행할 방법 역시 생각한 이델이었다.

이올라가 질문을 하였다.

"그 방법이 뭐죠?"

"마기와 가장 상극하는 힘, 신성력이라면 마기를 억제할 수 있는 수단이 될 거야."

"신성력인가."

"예. 마왕을 중심으로 사방에 강력한 신성력을 가진 인물, 혹은 성물을 놓고 결계를 친다면 외부의 마기가 마왕에게 전달되는 것을 막을 수 있을 겁니다."

이델의 말에 군터는 잠시 생각에 잠겼다.

이제껏 불가능하다고만 생각했던 마왕 토벌을 성사시킬 수 있는 가능성이 있는 발상이라는 것엔 부정할 마음이 없었다. 하지만 군터는 문제가 될 부분을 곧 찾아내었다.

"이 발상을 작전으로 성공시키려면 두 가지 난제를 해결해야 하네."

"두 가지 난제입니까. 그게 무엇입니까."

"첫째는 마왕을 상대할 전력이네. 마왕군의 전력을 일단 제하더라도 자네 말대로라면 마왕은 일거에 블랙 드래곤 성체를 사냥할 정도의 힘을 취할 수 있는 존재네. 아무리 힘을 봉쇄한다고 해도 그를 쓰러뜨리려면 막대한 전력을 필요로 할 것이네."

"그 부분은 인정합니다."

누구보다 마왕 제노스의 힘에 대해 잘 아는 이델은 군터의 말을 부정치 않았다.

"솔직히 말해보게. 용사인 자네의 힘만으로 그를 쓰러뜨릴 수 있겠나?"

"솔직히 말한다면… 승산은 거의 없습니다."

블랙 드래곤 네키리우스를 쓰러뜨릴 때 제노스의 힘은 과거 이델이 상대한 마왕 카를보다 좀 더 강했다.

성검을 되찾은 지금이라면 그 힘과 대등한 수준으로 붙어볼 만은 하다. 하지만 마왕 제노스가 진심으로 싸우려 한다면 그보다 훨씬 더 큰 힘을 드러낼 것이 분명하기에 이델은 솔직하게 승산이 낮다는 말을 꺼낸 것이다.

"그나마 승산을 조금이라도 높인다고 하면 현재 이곳 시온에 속한 모든 오러 유저와 대마법사들을 동원해야 하겠죠. 그리고 할 수 있다면 현재까지 살아남은 드래곤들의 힘을 빌려야 한다고 생각합니다."

"한마디로 총력전을 펼쳐야 한다는 말이군."

"그렇습니다."

"쉽지 않은 일이군. 이노센트 라이트 전력이야 얼마든 동원할 수 있지만 수비대의 전력은 쉽게 이런 위험한 작전에 끌어들일 수 없을 것이네. 거기에 드래곤들과 접촉하는 일도 만만치 않을 것이고 말일세."

"물론 그럴 겁니다."

이 문제는 군터가 말한 대로 난제라 할 수 있었다.

단 한 번의 기회를 성공으로 이루기 위해서는 한 명이라도 더 실력자가 필요한데 지금 사정에서는 그런 실력자들을 모으기 어렵다.

과거엔 시온의 모든 전력보다 많은 오러 유저와 대마법사들이 집결해 시온과 그 동료들을 도왔다는 점을 생각한다면 더욱 부족함을 느낄 따름이었다.

그런데 여기에 또 하나의 난제가 있었다.

"나머지 난제 말인데……."

"뭘 말하시려는지 압니다. 또 하나는 성물의 확보 문제이겠죠."

"맞네."

첫 번째보다 더욱 중대한 문제가 바로 이것이다.

마왕에게 마기가 모이지 못하도록 하려면 여섯 신의 신성력이 담긴 특별한 성물이나 교황급, 내지는 성녀에 준하는 신성력을 가진 인물이 필요하다.

신에 준하는 힘을 지닌 마왕이 상대인 만큼 강대한 신성력이 많으면 많을수록 일의 성공 가능성이 컸다. 위에 언급된 존재들을 될 수 있으면 다수 확보할 필요가 있다.

그러나 이미 300여 년 전에 신들이 이 세계에서 추방되고 성직자의 씨가 거의 마른 지금 강대한 신성력을 가진 성물이나 인물이 있을지 의문스러운 일이다.

이델은 자신의 성검을 가리키며 말했다.

"이 성검이라면 충분히 그 역할을 할 수야 있겠지만……."

성검의 토대가 되는 것이 바로 주신 아르마의 힘이다. 그 힘을 개방한다면 충분히 위의 역할을 할 수 있을 터였다.

그러나 그것은 군터가 반대했다.

"그건 안 될 말이네. 자네의 힘은 마왕을 토벌하는 데 가장 중요한 힘이네. 그런 힘을 반감시킬 수는 없는 일이지."

"군터 총대장님의 말이 맞아요."

이올라까지 그리 말해오니 생각을 접을 수밖에 없었다.

군터는 여기서 중요한 것을 하나 이야기했다.

"다행히 그런 힘을 가진 존재가 이곳에 하나 있네."

"정말입니까?"

"저 창 밖으로 보이는 세계수. 저 나무를 키울 때 쓰였던 신목의 지팡이에는 태양의 신 카루스의 신성력이 깃들어 있다네."

"하지만 그건 이곳의 세계수를 지탱시키는 매개체 아닙니까."

"……."

이델의 말에 군터는 침묵했다.

사실 신목의 지팡이는 함부로 바깥에 내돌릴 수 없는 물건이었다. 현재 유일하게 인간족과 빛의 종족을 수호하는 세계수를 지탱하는 신목의 지팡이를 다른 곳으로 가져간다면 이곳의 수호력이 사라질 수 있었던 것이다.

평의회는 물론, 본디 이 땅의 주인이자 세계수의 주인인 엘프들이 가만있지 않을 것이었다.

군터는 한참 만에야 입을 열었다.

"그에 대해서는 차후에 더 이야기하지."

"아무래도 그러는 게 좋을 것 같습니다."

군터의 말대로 신목의 지팡이에 대한 건은 지금 생각할 단계가 아니다. 마왕의 힘을 차단할 신성력을 가진 존재들을 찾고 난 다음에 고민해도 늦지 않을 일이었다.

군터는 다시금 말했다.

"앞으로의 이노센트 라이트가 나아갈 방향은 이제 대략 정해졌군."

"그 말씀은……."

이올라가 운을 띄우자 군터는 살짝 고개를 끄덕이며 대답했다.

"이델이 한 말대로 가능하다면 이 길고 긴 전쟁을 끝낼 수 있을지도 모른다고 난 생각한다. 따라서 여기에 모든 사활을 걸어야 한다고 결정을 내린 것이다."

"실패하면 모든 것을 잃을 수도 있습니다."

"훗, 그 정도도 감수하지 못하면 대업을 결코 성취할 수 없겠지."

군터는 이델의 경고에 가볍게 웃으며 답했다. 허나 웃음기는 곧 거둬졌다.

"다만 한 가지 걱정되는 게 있네."

"평의회를 설득하는 일이군요."

이올라가 자신이 할 말을 대신 해주자 군터는 다시 한 번 고개를 끄덕였다.

"평의회는 현재에 안주하는 경향이 크네. 마왕 토벌에 대한 가능성과, 전서구를 통해 전해준 마족 고위층 간의 갈등을 이야기해도 그들은 선뜻 행동을 취하려 하지 않을 것일세."

"제가 나서서 설득해 보겠습니다."

결연한 각오를 보이며 이델은 말했다.

절대적 열세인 상황에서 판도를 바꿀 수 있는 방법은 마왕을 어떻게든 쓰러뜨리는 수밖에 없다는 점을 분명히 하여 모두가 그 준비에 집중하게끔 만들 필요가 있다. 때문에 이델은 자신이 직접 나서서라도 그들을 설득할 결심을 보인 것이다.

하지만 군터는 고개를 가로저었다.

"이제까지 고생한 자네에게 그 짐까지 떠넘길 수는 없네. 이 문제는 이노센트 라이트의 총대장인 내가 해결해야 할 문제이네."

"하지만……."

"후훗, 걱정 말게. 지금 이 자리에 그냥 앉아 있던 것은 아니네. 이럴 때야말로 내 정치력을 총동원할 때이겠지. 아무튼 자네들은 당분간 내 별도의 명령이 있을 때까지 푹 쉬도록 하게."

군터는 그리 말하고는 자리에서 일어났다.

"피곤할 텐데 내가 너무 시간을 빼앗은 것 같군."

"아직 해드릴 이야기가 많습니다."

"내일 천천히 해도 되네, 이올라 경."

뒤따라 자리에서 일어선 이올라의 등을 가볍게 토닥인 군터는 두 사람을 밖으로 내보냈다. 그런 그의 태도에 이델과 이올라는 반강제적으로 집무실 밖으로 나올 수밖에 없었다.

"이런, 이런."

하고픈 말이 더 있었지만 덩달아 밖으로 나와야 했던 이델은 아쉬움이 살짝 남은 눈빛으로 닫힌 문 쪽을 보다 곧 옆에 선 이올라를 보았다.

"총대장님 말대로 오늘은 일단 돌아가는 게 좋을 것 같은데 이올라의 생각은 어때?"

"…그만 나가죠."

"그래."

말하는 투가 맨 처음 때로 돌아온 것 같은데. 먼저 걸어가는 이올라의 뒷모습을 보며 이델은 혀를 찼다. 아무래도 다시 에멘시아 왕가의 공주님이자 이노센트 라이트의 부대장이라는 입장으로 돌아간 모양이다.

그럴 수밖에 없다는 것을 이제 이해하고 있는 이델은 어깨를 가볍게 으쓱인 후 앞서 걷는 이올라를 쫓아 걸음을 옮겼다.

* 　 * 　 *

　　"후아암!"

　　아무 걱정 없이 잠을 잔 게 대체 얼마 만인가.

　　뿌듯해하는 얼굴로 힘껏 기지개를 펴며 하품을 한 이델은 주변을 반쯤 감긴 눈으로 보았다.

　　변변치 않은 가재도구에 넉넉하다고는 할 수 없는 공간이지만 보는 것만으로도 마음이 편해진다. 비로소 집이라 할 만한 곳에서 몇 개월 만에 잠을 잤으니 개운치 아니하다 할 수 없었다.

　　이델은 자리에서 일어나 의복을 갈아입고 밖으로 나왔다. 그리고 바로 옆방으로 향했다.

　　"드르렁!"

　　옆방에는 그가 이곳까지 데려온 쿠우카가 있었다.

　　"아주 태평하시네."

　　미운 정도 정이라고, 어제만 해도 벌벌 떨었으면서 잘도 잠을 자는 걸 보니 걱정은 안 해도 될 것 같다.

　　문을 닫고 현관을 통해 밖을 나온 이델은 바깥의 풍경을 보며 중얼거렸다.

　　"이렇게 평온하게 아침을 맞이한 게 대체 얼마 만이냐."

하지만 마냥 이렇게 퍼져 있을 수만은 없는 일이다.

맨 처음에는 군터를 찾아갈까도 했지만 아직 이르다는 생각
이 들었기에 마음을 바꿨다.

이델은 윗옷 안쪽 주머니 안에서 로스틴의 라이프 베슬을
꺼냈다.

다른 일도 중요하지만 로스틴을 다시 부활시키는 일을 해야
했다.

"이 일은 고위 마법사들의 도움이 필요한데 말이지. 내가 아
는 이곳의 마법사라곤 딱 두 명뿐이니 이거 큰일인데."

이델이 알고 있는 마법사는 켄타우르스 판과 소인족 파로였
다. 그 둘은 뛰어난 마법사지만 이델이 원하는 조건을 충족하
지는 못했다.

"누구에게 소개라도 받아야 하나."

제일 먼저 떠오른 건 이올라의 얼굴이었다.

그 사실에 순간 이델은 실소했다.

'당장 떠오르는 게 그녀라니.'

하프만이나 판에게 도움을 청해도 될 일이다. 그런데도 제
일 처음 이올라를 떠올린 건 단순히 익숙하다는 것 때문일까.
솔직히 말해 이델도 그 이유를 알지 못했다.

"뭐 어젯밤은 잘 지냈냐고 물어볼 겸 다녀오는 것도 나쁘지
않겠지."

새삼스레 자기변명 같은 말을 중얼거린 이델은 곧바로 걸음
을 옮겨 이올라의 처소로 향했다.

그런데 그 길에서 생각지도 못한 봉착을 마주하게 되고 말았다.

"으음… 생각해 보니 난 이올라가 지내는 곳이 어딘지 모르지, 참."

줄곧 이올라와 만난 곳은 이노센트 라이트 본부였었다.

덕분에 이올라가 생활하는 곳이 어딘지 전혀 모르고 지내왔다. 혼자 찾아가려니 어떻게 해야 할지 막막할 따름이었다.

"끄응! 어쩌지."

벌써 인간 거주지 안까지 온 마당이라 돌아가기도 뭐한 상황이었다.

이델은 주변에서 길을 물어볼 사람을 찾았다. 때마침 집 앞을 청소하는 30대 정도 되는 여인이 보였고 그녀에게 조심스레 다가갔다.

"저기 실례가 안 된다면 잠깐 뭐 좀 물어봐도 되겠습니까."

"예? 아, 네."

처음엔 살짝 놀라더니 이내 이델의 얼굴을 보고 여인은 마음을 놓는 표정을 지었다. 아무래도 이델이 가진 순한 얼굴이 마음을 편하게 해준 모양이다.

상대가 마음의 준비가 되었음을 확인한 이델은 이올라의 거처를 물어보았다.

"혹시 이노센트 라이트의 이올라 경이 지내는 곳이 어딘지 알려주실 수 있겠습니까."

"이올라 공주님이 지내는 곳을 말하시는 건가요?"

"예, 그렇죠."

인간족의 평범한 사람 사이에서는 공주님으로 통한다는 사실을 알기는 했지만 말하는 것에서부터 조심스러울 정도라니. 새삼 이올라의 인기를 알 수 있는 반응이었다.

"그분이라면 여기 언덕길을 넘어 보이는 성에 계실 거예요."

"성… 말입니까."

"예."

이곳에 성이 있다는 말은 처음 듣는다. 어안이 벙벙했지만 일단 길을 가르쳐 준 여인에게 감사를 표하고 언덕길을 바로 넘어보았다.

"헐, 진짜네."

이델은 언덕 아래로 보이는 새하얀 성을 보며 놀라움을 감추지 못했다.

시온의 전체 구역에서 본다면 외곽인 이 지역에 있는 성은 언덕들 사이에 가려져 주거지에선 언덕을 넘어야 비로소 그 실체를 볼 수 있었다. 성이라고는 하나 실제 시온에 살면서 봐 온 성들에 비하면 크게 축소한 규모라서 성이라기보다는 큰 저택 정도를 연상케 했다.

"여태까지 이런 게 있다는 걸 전혀 몰랐다니."

몇 번을 봐도 신기할 따름이다. 하지만 생각해 보면 왕가의 피를 이은 이올라가 저런 곳에서 생활하는 게 딱히 이상하지는 않는 일이다.

곧 이델은 내리막길을 걸어 성으로 갔다. 문 앞에는 할바드로 무장한 두 명의 인간이 있었다.

'저 복장은······.'

두 남자의 복장은 이노센트 라이트나 수비대가 입는 제복이 아니었지만 이델에게는 익숙했다.

'에멘시아 왕국 근위대의 복장이잖아. 하! 진짜 오랜만에 보네.'

천 년 전에 한 번 본 적 있는 에멘시아 왕국 근위대의 제복을 보니 무척 그리운 느낌이 든다. 그나저나 천 년이라는 세월동안 그 디자인을 그대로 고수하다니. 실로 대단할 따름이다.

"멈춰라. 여긴 허락된 자만이 들어갈 수 있다."

"신원을 밝혀라."

창대를 교차하며 앞길을 막은 두 명이 딱딱한 어조로 말을 해왔다.

이에 이델은 침착히 대답했다.

"제 이름은 이델 카스트로라고 합니다. 이노센트 라이트 소속이죠."

"이델이라고?"

"공주님과 함께 이번에 돌아왔다는 그인가?"

두 사람의 동시다발적인 물음에 이델은 양손바닥을 내밀며 흥분하지 말라는 제스처를 취했다.

"일단 제가 이번에 이올라 경과 돌아온 이델이 맞긴 맞습니다."

"진짜인가?"

"예."

뭐라도 잘못한 것일까. 눈썹을 부라리며 윽박지르듯 묻는데 섣불리 말을 하기가 곤란하다.

이때, 두 사람이 각각 한쪽 어깨에 손을 올렸다.

"자네 덕분에 공주님께서 무사히 돌아오셨다고 들었네. 정말로 감사하네."

"이렇게 만나니 기쁘군. 나하고 악수나 나누세, 하하핫!"

갑자기 분위기를 바꿔 호방하게 웃으며 이델에게 감사를 표시하는 두 사람의 태도에 이델은 순간 황망함을 느껴야만 했다.

더크와 브라셀.

이 두 사람은 대대로 유일무이하게 남은 인간족 왕가의 혈통인 에멘시아 왕가를 지키는 에멘시아 근위대의 병사들이다.

오로지 신념 하나로 300여 년이라는 긴 세월을 에멘시아 왕가를 위해 충성한 이들은 이노센트 라이트나 수비대와는 별개로 인간족, 그리고 하나뿐인 왕족의 피를 이은 이올라를 수호하기 위해 존재한다.

그 숫자는 약 50명으로 매우 적은 편이지만 개개인이 일류급 전사이기에 결코 얕잡아 볼 수 없다.

이들은 이델과 이올라에 대한 소식을 캐넌을 통해 이미 접한 뒤였다.

"그런데 자네."

"예?"

느닷없이 또 분위기를 바꿔 말을 걸어온다. 두 사람은 갑자기 이델을 가운데 끼고 어깨동무를 하였다.

이런 행동을 어떻게 받아들여야 할까, 고민하는 찰나 두 사람이 작은 목소리로 말을 해왔다.

"그런데 말이야."

"혹시나 해서 묻는 것인데 말이지."

왠지 지금 말에서 살기가 느껴지는 건 단순한 착각일까.

"설마 이올라 님에게 뭔가를 하거나 그러지 않았겠지."

"그분의 몸에 손이라도 댔다면 그건 에멘시아 왕가를 모독하는 일이 되지."

"하, 하하."

그런 거였나. 이제야 두 사람이 왜 이러는지 안 이델은 머쓱한 웃음을 터뜨리지 않을 수 없었다.

그걸 본 두 사람의 눈매가 날카로워진다.

"설마 그분께 손을 댄 건 아니겠지?"

"그렇다면……."

당장이라도 손에 든 할바드를 휘두를 기세다. 어서 사실을 말하지 않으면 큰일이 날 것 같았기에 이델은 서둘러 대답하려 했다.

그런데 이때, 안쪽에서 누군가가 나오는 소리가 들렸다. 그리고 목소리가 들려왔다.

"이델?"

"이올라?"

안에서 나온 건 이올라와 캐넌, 그리고 아리스였다. 흰색의 여성용 갑옷을 입은 이올라는 두 명의 근위병 사이에 끼어 있는 이델을 보고는 아주 미약하지만 당황해하는 모습을 보였다.

"공, 공주님!"

"지금 뭐하고 있는 거죠."

"아, 그게……."

위기에 봉착한 두 근위병은 바로 쩔쩔매는 모습을 보였다.

"야호!"

"컥!"

막 근위병들 손에서 벗어난 이델은 갑자기 앞에서 덮쳐온 캐넌에 의해 하마터면 쓰러질 뻔하였다.

"여긴 웬일이야? 혹시 날 보고 싶어서 온 거야?"

"어, 으응."

"와! 나도 이델을 만나러 갈 참이었는데."

"나를?"

"웅! 어제 내가 이올라 언니한테만 신경 쓰느라 이델에겐 신경 못 썼잖아. 그래서 가서 잘 돌아왔다고 말해주려 했던 거야. 이올라 언니하고 아리스하고 같이 집으로 가려던 참이었어."

"그랬구나."

그냥 오지 않고 기다려도 될 일이었는데 괜한 소동만 일으킨 것 같아 머쓱해진다.

이델은 말했다.

"오해 때문에 잠깐 소동을 벌여서 미안해."

"아닙니다. 오히려 곤란한 일에 휘말리게 한 제가 죄송할 따름입니다."

도리어 사과를 하는 이올라를 정면으로 보기가 왠지 어색하다.

그 순간 캐넌이 옷의 소매를 잡아끈다.

"마침 잘됐다. 여기까지 왔는데 아침이나 먹고 가."

"어?"

"원래는 이델 집에 들른 후에 보급소에서 먹으려 했지만 이렇게 됐으니 여기서 먹자. 괜찮지, 이올라 언니?"

느닷없는 말에 이델은 머뭇거렸다. 그런 그를 보며 이올라는 담담히 말했다.

"괜찮다면 이곳에서 아침을 드시고 가세요."

"여기 음식 맛있어. 이델도 좋아할 거야."

"어, 알겠어."

둘이 이렇게 권하는데 마다하는 것도 왠지 부담스럽게 되어버렸다.

이델은 본의 아니게 아침 식사에 초대받게 되었다.

*   *   *

인구에 비해 식량이 풍족하게 생산되지 못하는 시온에서는 거의 대부분의 사람이 배급을 통해 식사를 한다.

지금껏 이델 역시도 배급을 받아 식사를 해왔다. 처음에는 참으로 보잘것없는 식사를 해야 했지만 이노센트 라이트 입단 후에는 그래도 병사에게 필요한 만큼의 식사를 할 수 있었다.

하지만 그것도 원래 시대 때 평민들이 일반적으로 먹던 수준에 불과했다.

줄곧 그런 식사에 익숙해져 있었기에 과거에 먹었던 만찬은 이제 기억조차 가물가물할 지경이다. 헌데 그 기억이 오랜만에 제대로 떠오르게 생겼다.

"와……"

눈앞에 차려진 음식들에 이델은 할 말을 잊었다.

먹음직한 칠면조 요리에 좀처럼 보기 힘든 생선 요리까지. 아침임에도 푸짐하게 차려진 이 음식들은 보는 것만으로도 침이 꼴깍 넘어가게 만들었다.

"어떻게 이런 음식들이……"

"…보기 안 좋죠."

"응? 그게 무슨 말이야?"

갑작스런 이올라의 말에 이델은 음식에서 눈을 떼고 그녀를 보았다.

"시온의 모든 사람이 힘들게 먹고 사는데 혼자 잘 먹는 모습이요. 이 음식들은 이델이 왔다고 준비한 것이 아니에요. 전 평상시에도 이보다 호화로운 식사를 늘 대접받고 있어요. 왕녀라는 이유만으로 그런 거죠."

"아."

확실히 이 식사와 시온 주민들이 먹는 식사는 확연한 차이가 있다.

이올라의 성격을 생각한다면 이런 것에 자괴감을 가질 만도 했다.

"그런 말 마세요."

활력 넘치는 목소리를 내며 식당으로 들어온 푸짐한 체구의 여인이 환한 얼굴로 식탁에 앉은 이들을 보았다.

"올리비아."

"이건 어디까지나 저희 시종들이 공주님을 위해 고생해서 구한 것들입니다. 그리고 평의회에서 인간족의 권위를 지키고자 에멘시아 왕가를 인정하고 그만큼 대우해 주는 것인데 그것에 불편하시면 안 되죠."

"내가 이런 것을 원치 않아 한다는 걸 올리비아도 알잖아요. 아까도 간단히 준비해 달라고 부탁했는데 왜 이렇게 준비한 거죠."

"그야 공주님을 안전하게 이곳까지 올 수 있게 해준 젊은 기사님을 대접하기 위함이죠."

한쪽 눈을 찡긋하며 올리비아는 답했다.

"아무리 공주님이 검소하기를 원한다고 하지만 모처럼의 귀한 손님을 가볍게 대접할 수는 없죠. 그건 예로부터 법도에 어긋난 행동이에요."

"……"

"아니 전 그냥 간소하게 먹어도 괜찮은데요."

침묵하는 이올라를 대신해 이델은 당황하며 말했다. 이에 올리비아는 넉넉한 미소를 보였다.

"부담 갖지 말고 들어요. 이제 와서 정성껏 요리한 음식들을 안 먹으면 요리한 사람에게도 실례고 재료를 준비한 사람들에게도 실례되는 행동이에요."

"물론이죠."

올리비아의 박력에 이델은 고개를 주억거리며 대답할 수밖에 없었다.

"아가씨도."

"…알겠어요."

"이올라, 너무 신경 쓰지 않아도 돼. 남들과 차별된 대접을 받는다고 그 사람을 무조건 부정적으로 보지는 않는 성격이거든, 나. 그리고 아침부터 이렇게 생각지도 못한 맛있는 식사를 하게 된 것만으로 매우 감사해하고 있어."

"맞아! 언니는 너무 어렵게 생각하는 게 탈이야."

식탁의 상황과는 상관없이 이미 열심히 칠면조 고기를 씹던 캐넌이 뒤늦게야 한마디 거든다. 그 모습에 이델은 피식 웃으며 고개를 끄덕였다.

"캐넌 말이 맞아. 너무 심각하게 생각하지 말고 쉽게 받아들여. 때론 유화한 태도로써 일을 처리하는 게 현명할 수도 있는 법이야."

"……."

이델의 말에 이올라는 대답이 없었다. 표정을 보니 약간 수심에 찬 것 같아 보였다. 방금 전의 말에 뭔가를 생각하는 게 분명하리라.

이 자리에서 더 이상 말하는 건 실례라고 생각한 이델은 포크와 나이프를 들며 가볍게 말했다.

"그럼 나도 굶주린 배를 채워볼까."

"이거 먹어봐. 엄청 맛있어!"

캐넌이 성큼 반쯤 뜯다 만 칠면조 다리를 이델의 입에 집어넣는다. 순간 말문이 막힌 이델은 입 안에 들어온 고기를 씹을 수밖에 없었다.

그렇게 입에 든 것을 먹으면서 이올라를 보았다. 다행히 방금까지 가졌던 수심에서는 벗어난 듯 조심스레 요리를 잘라 옆에 앉아 있는 아리스에게 먹이고 있었다.

'휴.'

가벼운 마음으로 왔기에 이런 고생을 하리라 생각도 못했었다. 덕분에 본래 이곳에 온 목적도 여태까지 이야기 못 하지 않았는가.

슬슬 식사도 막바지이고 이야기를 꺼내도 되겠지, 라고 생각한 이델은 포크와 나이프를 놓고 말을 꺼냈다.

"사실 내가 이곳까지 온 건 한 가지 부탁할 게 있어서야."

"그게 뭐죠?"

"혹시 알고 지내는 사람 중에 대마법사의 칭호를 받을 만큼 마법적 지식이 높은 사람이 있으면 소개 좀 해줬으면 해."

그 말에 이올라는 잠시 머릿속에 아는 사람들을 떠올렸다. 그리고 동시에 이델이 이런 부탁을 하는 이유도 생각했다. 총명한 그녀가 그 이유를 아는 데 그리 긴 시간은 필요하지 않았다.

"로스틴 님의 문제 때문이군요."

"맞아."

이올라의 말에 이델은 고개를 끄덕이며 짧게 답했다.

"여유 있는 지금 아니면 그 일을 하긴 어려울 것 같아서. 물론 군터 님의 허락을 받고 부활 여부를 최종적으로 결정지어야 하겠지."

"이노센트 라이트에 소속된 마법사 중에 대마법사 위계를 가진 분은 세 분이세요. 임무 때문에 자리를 비우지 않으셨다면 도움을 구할 수 있을 거예요."

"그거 다행이다. 그럼 식사를 마치고 바로 본부로 가는 게 어때?"

이제는 함께 다니는 게 너무 익숙해져 버려 이델은 아무 생각 없이 말을 꺼냈다. 이런 그의 태도에 이올라는 잠깐의 망설임 후 대답했다.

"…알겠습니다."

"그럼 나도 갈래."

"캐넌은 따로 할 일 없어?"

"헤헤, 두 사람과 같이 다니는 일보다 더 중요한 일은 없어."

캐넌까지 따라간다고 하니 아리스는 말없이 옆에 앉은 이올라의 옷을 잡아당겼다. 같이 가고 싶다는 뜻을 피력하는 것이다.

그걸 본 이델은 아리스를 향해 말했다.

"아리스도 함께 가자. 그리고 용건이 마무리되면 이곳 구경도 시켜줄게."

"……."

아리스는 그 말이 마음에 들었는지 잘 마주치지 않던 눈길을 맞추며 고개를 살짝 끄덕였다.

평화롭다. 단 하루만 보냈을 뿐인데 다시금 평온한 일상에 완전히 적응한 자신을 마주한 이델은 스스로도 모르는 사이에 흐뭇한 미소를 입가에 만들고 있었다.

2장

로 스 틴 의 부 활

식사를 끝내고 이델을 포함한 4인은 이른 시간에 이노센트 라이트 본부에 방문했다.

이른 시간에 사람은 별로 찾아볼 수 없었다.

이올라의 안내로 찾게 된 곳은 인사부라는 팻말이 붙은 사무실이었다.

"이올라 경."

"렌."

보랏빛 단발을 가진 하프 엘프 여성이 이올라와 반갑게 인사를 나눈다.

"돌아왔다는 소식은 들었어. 무사히 돌아왔다니 천만다행이야."

"응, 고마워."

꽤 친밀한 사이인 듯 극히 소수의 사람에게만 하는 평대를 하며 이올라는 렌을 보았다.

"당장 이런 말을 꺼내서 미안한데 바이엘 님과 로위나 님, 크레달 님이 계신지 알 수 있을까."

이올라가 거론한 3인은 모두 이노센트 라이트에 소속된 대마법사였다.

"그분들은 왜?"

"만나 뵙고 상의드릴 문제가 있어."

"흐음, 그래? 잠깐만."

렌은 책상 한쪽에 수북하게 놓인 서류를 치우곤 하나의 책자를 꺼냈다. 그것은 이노센트 라이트의 인명부이자 현재 그들의 소재를 확인할 수 있는 책자였다.

기밀 사항에 걸려 있는 만큼 함부로 타인에게 보여줄 수 없는 이 책자에는 바로 어제 행방불명으로 처리되었던 이델과 이올라과 생환하였다는 내용도 적혀 있었다.

"바이엘 님과 크레달 님은 임무 때문에 현재 이곳에 없어. 로위나 님은 반 달 전에 귀환하셔서 아직 시온 안에 계셔."

"알려줘서 고마워."

"어릴 때부터 친구인데 이 정도 못 해줄까."

렌은 웃으며 대답했다.

그 뒤 로위나라는 대마법사가 지낸다는 거처의 위치까지 알 수 있었다.

그의 거처로 가는 중에 이델은 물었다.

"그런데 그 로위나라는 마법사는 어떤 인물인지 알 수 있을까."

"그는 빛의 마법단에서 인정한 일곱 대마법사 중 한 명이에요."

"빛의 마법단? 처음 듣는 이름인데."

"마법사들만의 단체예요."

시온의 마법사는 소속을 막론하고 빛의 마법단에서 마법을 배운다.

빛의 마법단은 마왕군에 의해 막대한 손실을 입은 인간족과 빛의 종족이 후대까지 마법을 전승키 위해 설립된 단체다. 이곳을 통해 계속해서 마법의 지식을 보존하고 마법사들을 양성한 덕에 지금까지 다수의 마법사가 배출될 수 있었다.

그렇지만 해마다 배출되는 마법사의 수는 줄어드는 편이다.

바깥세상과 다르게 영성이 유지될 수 있는 특별한 결계 안에 있다고는 하지만 각 종족의 쇠락은 아주 조금씩 드러나기 시작하여 마법을 배울 수 있는 재능을 가진 자가 점점 적게 태어나게 됐기 때문이다.

이는 검사 측도 사정이 비슷해서 오러 유저가 될 만한 자질을 가진 자가 극히 드물어졌다.

그나마 오랜 세월을 사는 엘프들이 있어 지금의 숫자를 유지할 수 있는 지경이다. 일곱의 대마법사 중 다섯이 엘프인 것만 봐도 현재의 상황이 심각한 것을 알게 해준다.

"여기예요."

"맨땅에다 집을 만들다니."

로위나의 거처는 여러 종족들의 영역이 아닌, 영역과 영역 사이의 공백 지역에 위치해 있었다.

집 한 채 크기로 동그랗게 쌓여 그 전체가 잔디로 뒤덮인 곳에 빨간 문짝 하나와 굴뚝, 그리고 안이 보이지 않는 창문이 붙어 있는 모습이 상당히 아이러니하게 보인다.

"실례합니다."

밖에서 목소리를 내 자신들의 존재를 알렸다. 하지만 안에선 인기척도 느껴지지 않았다.

"없나."

내부의 기척을 느끼면 바로 사람의 존재 유무를 확인할 수 있을 테지만 마법사의 거처 아니랄까 봐 각종 마법 결계가 처소 주변에 깔려 있어 그럴 수가 없었다.

"어쩌지."

"외유를 나간 걸까요."

"음......"

난감한 일이었다. 기껏 여기까지 왔는데 헛걸음을 하게 될 줄은 생각도 못했기에 이델은 돌아가는 것을 두고 고민을 했다.

"킁킁."

갑자기 코를 움직여 냄새를 맡은 캐넌은 인상을 찡그렸다.

그런 캐넌을 본 이델은 물었다.

"왜 그래, 갑자기?"

"저기서 끔찍하게 고약한 냄새가 나."

"저 안에서?"

캐넌이 손가락으로 가리킨 방향엔 로위나의 거처가 있었다.

"윽! 냄새가 점점 더 고약해져. 나 더 이상 여기에 못 있겠어."

"어, 잠깐만."

캐넌은 말릴 새도 없이 그대로 돌아 뛰어가 버리고 말았다.

그 모습을 잠시 멍하게 본 이델은 곧 다시 고개를 돌려 문 쪽을 보았다.

'잠깐, 그렇담 지금 저 안에 누가 있다는 거잖아.'

캐넌이 맡은 고약한 냄새의 정체가 무엇인지 모르지만 어쨌든 안에 누군가 있는 게 분명하다고 이델은 판단했다.

하여 아까보다 더 큰 목소리로 안을 향해 말을 했다.

"저흰 이노센트 라이트에서 왔습니다. 잠시 시간을 내주실 수 없으십니까."

분명 안에 전해졌을 텐데 한참의 시간이 흘렀음에도 아무 반응도 볼 수 없었다. 그러자 새삼 오기가 생겼다.

"이렇게 되면 좀 더 과격한 수단을 쓸 수밖에 없지."

"안 돼요."

이올라가 만류하였지만 이델은 이미 손을 쓴 뒤였다.

파칭!

마법 결계에 대항하기 위해 자신의 마력으로 만든 간섭 마법을 전개시키자 허공에서 스파크가 이리저리 튀는 것을 볼 수 있었다.

'해체까지는 무리인가.'

마법 결계의 설계자가 마법사로서 이델보다 2, 3단계 위이기에 결계 자체를 무력화시키지는 못했다. 하지만 적어도 안에서 이상을 감지했을 게 분명했다.

쾅!

예상은 주효했다.

문을 발로 뻥 차고 나온 이는 하얀 백발에 굴곡이 뚜렷한, 남성들이 보면 군침을 질질 흘릴 몸매에 색기 어린 얼굴을 가진 여인이었다. 그런데 자세히 보니 등 뒤로 살랑거리는 하얀색 복슬복슬한 꼬리와 짐승의 귀를 볼 수 있었다. 그런 특이한 외모적 차이는 저 여인이 수인족 중 하나인 호인족의 여인임을 알게 해주었다.

호랑이 종족인 호인족(虎人族)이 아니라 여우 종족인 호인족(狐人族)은 여러 종으로 나뉘는 수인족에서도 예전부터 극히 보기 드문 종족이다.

아주 깊은 숲 속에 사는 이들은 다른 수인족에 비하면 육체적으로 약하지만 뛰어난 머리가 있어 마법사로서 재능을 보였다.

'설마 호인족 대마법사라니.'

이델은 괄괄한 모습으로 나온 로위나를 보며 적잖게 놀랐다.

애초에 호인족을 만난 적도 없지만 그들에게서 대마법사가 나왔다는 사실이 놀라울 따름이다.

본디 은거 지향의 성향이 강한 데다 호인족들은 가족 단위로 생활하는 까닭에 자기들끼리 마법을 전수하거나 하는 일이 거의 없었다. 따라서 마법적 재능을 가졌음에도 마법을 배운 호인족은 열에 하나가 될까 말까였고 그나마도 수준이 얕았다.

그런 까닭에 역사상 호인족이 이름을 떨친 경우는 단 한 번도 없었다.

"너희 뭔데 남의 집 앞에서 소동이야."

로위나는 짜증이 다분히 섞여 있는 말을 내뱉고는 밖에 있는 세 사람을 보았다.

"어라? 너 이올라 아니니."

"오랜만에 뵙습니다, 로위나 님."

이올라는 자신과 비슷한 또래로 보이는 로위나에게 정중히 인사를 하였다. 일단은 같은 이노센트 라이트 소속이라 얼굴은 아는 모양이었다.

이올라와 인사를 나눈 로위나는 곧 눈길을 돌려 이델을 보았다.

"너냐. 방금 전에 내 집의 결계를 건드린 녀석이."

"예, 그렇습니다."

초면부터 반말을 들어 기분이 나빴지만 이올라가 상대에게 경어를 쓰는 걸 봐서 일단 높임말로 대답했다.

"아까부터 시끄럽게 하던 녀석이구나, 너."

"제 목소리를 들었습니까?"

"그래."

그런데도 없는 척을 했단 건가. 속이 부글부글 끓어오르는 것을 느끼며 이델은 로위나를 보았다.

그런 시선을 눈치채지도 못한 것인가. 로위나는 수더분한 자신의 머리를 긁적이며 말을 했다.

"무슨 일이기에 남의 집에 불쑥 찾아온 거야."

"한 가지 도움을 구하고자 이렇게 실례를 무릅쓰고 찾아왔습니다. 잠시만 시간을 내주실 수 있으신가요."

이올라의 간청에 로위나는 피곤하다는 듯 말했다.

"모처럼 돌아와 쉬는 중인데… 할 수 없지. 일단 따라 들어와."

"감사합니다."

겨우 허락을 받고 안으로 들어갈 수가 있게 되었지만 로위나를 보는 이델의 시선은 편치 못했다.

'참자, 참아.'

마음을 추스르며 이델은 이올라를 따라 언덕 속의 집 안으로 들어갔다.

*　　　*　　　*

"크윽!"

안으로 들어오기 무섭게 코를 찌르는 악취가 코를 자동적으로 막게 했다. 아리스는 물론이고 이올라조차 냄새를 참지 못하는 표정을 보였다.

이델은 참지 못하고 로위나에게 이 악취의 정체에 대해 물었다.

"도대체 이 냄새는 뭡니까?"

"응, 이 냄새? 카스타니아를 끓이는 중이었어."

"카스타니아라니… 으윽."

이델도 아는 이름이었다.

마법사들이 자주 다루는 꽃으로, 마법적 효능이 탁월하지만 그 냄새가 아주 지독한 것으로 알려져 있다. 그것 때문에 냄새가 나고 있다는 사실을 안 이델은 더욱 코를 막았다.

그 모습에 로위나는 혀를 차며 말을 했다.

"쯧쯧! 마법으로 냄새를 차단하면 될 텐데 굳이 고생하네."

"전 그런 마법은 쓸 줄 모릅니다."

로위나가 말한 마법이 뭔지는 안다. 하지만 전투적인 마법 밖에 배우지 못한 까닭에 쓸 수가 없다.

이러한 사실을 알리자 로위나는 이델을 위아래로 살폈다.

갑옷을 갖춰 입지는 않았지만 성검을 허리에 찬 이델은 누가 봐도 마법사라고 할 수 없었다.

"제법 내 결계에 간섭을 걸기에 쓸 만한 마법사인 줄 알았는데 아니었어?"

"내 입으로 말하기 뭐하지만 저 스스로를 제대로 된 마법사라고 생각해 본 적이 없습니다. 필요한 마법과 마법 기법만 속성으로 돌파했거든요."

"요즘 빛의 마법단에선 애들을 그렇게 가르치나. 아무리 전력이 많이 필요한 시기라지만 이런 식으로 대충 가르쳐 내보내면 어떻게 하자는 건지. 기본이 안 되었어, 기본이."

"전 빛의 마법단 출신이 아닙니다."

"뭐?"

"사실을 말하자면 깁니다. 그런데 초면인 사이에 애라는 표현은 좀 그렇지 않습니까. 상호 간에 예의라는 것도 있는데 말이죠."

로위나의 안하무인격인 태도에 참지 못한 이델이 한마디 하였다.

이 반응에 로위나는 눈을 가늘게 좁히며 반응했다.

"호오?"

"로위나 님, 아직 이델이 잘 몰라 그런 것이니 참아주세요."

이올라가 끼어들어 사과의 말을 하였지만 이미 두 사람은 일촉즉발의 분위기에 빠져 있었다.

"인간 꼬맹아, 내 나이가 몇인지 알기나 하고 까부는 거야?"

"왜, 한 살이라도 더 먹었다고 자랑할 참입니까."

"홋, 건방진 꼬마 녀석. 내 나이가 이래 봬도 136살이다. 너같은 녀석보다는 족히 다섯 배는 더 넘게 살았거든."

"크으."

로위나의 말에 이델은 순간 할 말을 잃고 말았다.

저 말이 진짜일까. 이델은 슬쩍 곁눈질로 이올라를 보면서 사실 여부를 확인하였다.

이올라는 여기에 대해 고개를 살짝 끄덕이는 것으로 답을 알려주었다.

'진짜로 136살이란 말이야?'

수인족, 그중에서도 호인족에 대해 아는 바가 없는 이델로선 신뢰하기가 어려웠다. 하지만 이올라가 거짓을 말할 이유가 없음을 알기에 수긍을 안 하기도 곤란했다.

이델은 다시 한 번 로위나를 보았다.

한 방 먹였다는 표정으로 이쪽을 보는 로위나의 외모는 아무리 높게 쳐도 20대 후반으로밖에 보이지 않았다.

'아으, 따지고 보면 나는 천 년 전에 살았던 사람인데.'

여러 가지 혼란을 야기할 수 있다는 문제로 자신이 용사라는 사실과 천 년 전의 인물이라는 것을 비밀로 해두기로 군터와 약속해 둔 상황인지라 밝힐 수는 없는 노릇이었다.

결국 여기서는 이델이 머리를 숙일 수밖에 없었다.

어쨌든 나이 문제는 종결되고 냄새에 대한 마법 조치도 로위나가 해주어 일단락되었다.

중요한 일도 아닌 문제들을 겨우겨우 해결하고 비로소 본론을 꺼내게 된 이델은 우선 품에 항상 가지고 다니던 라이프 베슬을 꺼내 보였다.

라이프 베슬을 본 로위나가 관심을 보였다.

"이건……."

"리치의 라이프 베슬입니다."

"그게 뭔데?"

예상치 못한 답변에 이델은 순간 한 번 휘청거릴 뻔했다.

마법사가 리치도 모를 수 있나. 잠깐 로위나의 마법적 지식을 의심하지 않을 수 없었다.

하지만 이건 어쩔 수 없는 일이었다.

리치라 불리는 불사의 마법사가 역사에 기록된 건 마왕이 세계 정복하기 이전인 까마득한 먼 옛날이었다. 게다가 빛의 마법단에서의 마법 교육은 대부분 엘프 마법사로부터 이어져 왔기 때문에 마법 학과 중 하나인 사령술은 거의 사장되다시피 해 그쪽에 대한 지식이 부족할 수밖에 없었다.

하지만 대마법사라는 칭호를 괜히 받은 것은 아니라는 것을 증명하기라도 하듯 로위나는 바로 라이프 베슬에 대한 정보를 파악해 냈다.

"다중의 방어 마법들이 걸려 있네. 이것을 보호하기 위해 각인된 건가. 흐음, 본래는 내부의 마력에 반응해 상시 발동되도록 되어 있네."

"맞습니다. 모든 게 이 안에 있는 영혼을 보호하기 위함이죠."

"영혼? 아하, 그런 거였구나."

로위나는 이델의 말에 기억하지 못하고 있었던 지식을 떠올려 냈다.

"영혼을 이런 보석에 결속시키는 비술이 있다는 내용을 예전에 본 적이 있어. 분명 불사의 비술 중 하나였을 텐데."

"리치가 본래 영생을 꾀한 마법사가 시도한 비술에서 창조된 존재죠."

이델은 그렇게 운을 띄우고 리치에 대해, 그리고 지금 이 라이프 베슬에 잠든 로스틴에 대해 설명을 하였다.

이야기를 전부 들은 로위나는 비로소 모든 것을 이해했다. 곧 그녀는 라이프 베슬을 요리조리 살피며 지대한 호기심을 드러냈다.

"그럼 이 안에 고대의 마법사가 잠들어 있다는 거야?"

"그런 셈이죠. 전 그 안에 잠든 로스틴을 깨울 방법을 찾고 있습니다. 일단 마법사들이 모여 마력을 주입한다면 다시 부활하지 않을까 생각은 하고 있지만 저 역시 리치의 부활에 대해 정확히 알고 있지는 못해서 조언을 구하러 당신을 찾아온 것입니다."

"이거 참 곤란하네. 난 거기에 대해 아는 바가 없는데."

로위나는 머리를 긁적이며 답했다. 보통 마법사들은 이렇게 순순히 자신의 부족함을 인정하지 않는데 그녀는 솔직담백했다.

이델 역시 아까 보여준 로위나의 반응으로 이미 이런 대답을 예상하고 있었기에 큰 실망은 보이지 않았다.

하지만 그때 로위나가 한 가지 정보를 알려주었다.

"사령술이라든지 언데드에 관해서는 잘 모르지만 그래도 마법사로서 아는 것을 말할게."

"말해주십시오."

"이 라이프 베슬에 존재하는 마법사를 깨우자면 마력만 가지고는 부족할 거야."

뜻밖의 말이었다. 마력만으로는 로스틴을 깨울 수 없다니. 좀 더 자세히 들을 필요가 있었다.

"마력으로는 로스틴 님을 깨울 수 없다니, 왜입니까?"

"일단 막대한 마력을 주입해야 하는 것은 맞아. 하지만 그것만으로는 이 안에 잠든 영혼을 깨울 수 없을 게 분명해. 왜냐면 이 라이프 베슬에 필요한 건 마력뿐만이 아니기 때문이야."

"마력 말고 다른 게 필요하다는 것입니까?"

"그래. 이 라이프 베슬은 두 가지의 힘이 충족되어야만 활성화가 될 거고 그래야 잠든 영혼이 깨어날 수 있어."

"그 필요한 하나는 무엇입니까."

"생명력이야."

그 말에 이델뿐만 아니라 옆에서 이야기를 듣던 이올라도 흠칫 놀랐다.

로위나는 그런 두 사람을 보며 계속 말했다.

"필요한 건 한두 명의 생명력이 아니야. 적어도 수십에서 수백의 사람이 가진 생명력이 필요해."

"그런……!"

이델은 자신도 모르게 침음을 흘렸다. 생명력은 바로 생물이 살아가는 근원의 힘이다. 그것을 필요로 한다는 것은 곧 수십, 수백의 목숨을 희생시켜야 한다는 소리가 된다. 아무리 로스틴을 부활시키는 일이 중요하다고는 하지만 그렇게 많은 목숨을 갖다 바칠 수는 없는 일이었다.

뭔가 다른 방법은 없는 것일까. 머릿속으로 열렬히 생각하면서 동시에 이델은 로위나에게 질문했다.

"만약… 부활시킨다고 한다면 어떤 의식을 해야 합니까."

"잠시만요. 지금 무슨 생각을 하는 거죠?"

이올라는 이델이 이런 말을 하자 깜짝 놀라 했다. 얼핏 들으면 로스틴의 부활을 강행하려는 의사로 오해받을 수 있는 말이었다.

그런 이올라에게 손짓으로 잠시 기다려 달라고 하고 이델은 눈빛으로 로위나에게 답을 요구했다.

로위나는 망설이다 말을 꺼냈다.

"뭐… 한다고 하면 그리 어렵지는 않아. 마력을 모으는 것은 아까 너의 말대로 마법사들이 돌아가며 마력을 주입하면 해결이 돼. 그리고 생명력은 희생자를 선택해 사령술 계통의 라이프 스틸 마법으로 흡수할 수 있겠지."

"잠깐, 꼭 그 방법밖에 없습니까?"

"그게 무슨 말이야."

로위나의 이야기를 듣다가 문득 떠오른 생각이 있었다.

이델은 차분히 그것을 설명했다.

"마력 흡수 마법진을 아십니까."

"당연히 알지. 날 무시하는 거야?"

로위나는 이델이 자신을 얕잡아 본다고 생각해 살짝 화를 냈다. 충분히 그럴 법도 했다. 대마법사인 그녀가 모든 마법 설계의 기본이 되는 마력 흡수 마법진을 모를 리 없는 것이다.

마력 흡수 마법진은 말 그대로 자연상의 마나를 흡수해 마력으로 변경하는 마법진이다. 이것을 기초로 하여 마법진을 설계하면 마법사 없이도 마법진의 마법이 상시 발동되게 된다.

이델은 손을 가로저으며 말했다.

"그런 게 아닙니다. 다만 그것을 응용해 문제를 쉽게 해결할 수 있을 것 같아 말을 꺼낸 겁니다."

"호오?"

이델이 말을 해오자 로위나는 화를 거두고 마법사로서의 탐구심을 드러냈다.

이후, 두 사람은 여러 이야기를 면밀히 나누었다. 그리고 하나의 결과를 얻을 수가 있었다.

*   *   *

오후가 되고 군터의 집무실로 손님들이 찾아왔다.

"들어오게."

오후 집무를 보던 군터는 그들을 맞이했다. 문을 열고 맨 처음 안으로 들어온 것은 바로 이델이었다.

이델을 본 군터는 나직하게 말을 했다.

"당분간 푹 쉬라 하지 않았나."

"그러기 전에 할 일이 있어서요."

"그런데 자네는 웬일인가."

"전 쉬고 싶었는데 이 친구 때문에 그러지 못하고 이렇게 오게 되었네."

군터의 말에 로위나는 어깨를 가볍게 으쓱거리며 대답하였다. 참고로 이올라는 계속 함께 다닌 아리스를 생각해 같이 오지 않았다.

"두 사람은 서로 초면 아니던가?"

"그렇죠. 덕분에 상대가 무려 136살이나 먹은 할머니인 줄 모르고 호되게 혼이 났죠."

이델은 첫 만남 때의 앙금을 잊지 못하고 로위나를 한 번 힐끔 쳐다본 뒤에 말했다.

여기에 대해 로위나는 펄쩍 뛰었다.

"누가 할머니라는 거야!"

"그럼 정정하죠. 아까 이올라한테 듣자 하니 호인족은 보통 300년을 산다면서요. 그럼 인간으로 치면 중년쯤이니 아줌마라 불러드리죠."

"뭐, 뭐야?"

아까 나이 운운한 것으로 인해 졸지에 아줌마라는 칭호로 불리게 된 로위나는 분한 눈으로 이델을 노려봤다.

그 시선이 따끔하게 느껴졌지만 이델은 내심 고소해했다.

"흠흠."

이때, 군터가 헛기침을 하였다. 그쯤하고 이곳에 온 이유를 말하기를 원하는 무언의 신호였다.

이델은 잠시 흐트러진 모습을 수습하고 목적을 이야기했다.

"한 가지 일을 하기 전에 허락을 맡고자 이리 찾아왔습니다."

"그게 뭔가."

"현재 팔로스 숲 주변에 마왕군들이 주둔하고 있다는 사실을 알고 있습니다. 그들을 소탕하는 일을 하게 해주십시오."

"마왕군 소탕이라니. 갑자기 그런 말을 꺼내는 이유는 뭔가?"

놀라는 기색도 없이 말을 묻는 군터를 마주보며 이델은 솔직히 말하였다.

"사실 그건 대외적인 이유이고 실은 다른 이유가 있어서 이런 말을 꺼낸 것입니다."

"다른 이유라, 그게 뭔지 궁금하군. 어디 한번 말해보게."

"예."

이델은 차분히 자신의 계획을 이야기했다. 이야기가 진행되는 동안 군터는 시종일관 아무 말도 하지 않고 차분히 경청하였다.

그렇게 모든 이야기가 끝이 나고 이델은 군터의 반응을 살폈다.

"…로스틴이라는 그 리치를 부활시킬 수 있겠나."

"이론상으로는 충분히 가능해."

"이델 자네가 전날에 말한 대로라면 그의 부활이 우리에게 큰 도움이 될 것은 분명하네. 하지만 신중히 생각해야 될 문제가 있다네."

군터가 무엇을 고민하는지 이델은 잘 알고 있었다.

비록 리치에 대해 아는 이들이 적어진 시대라고는 하나, 죽어서도 다시 움직이는 언데드에 대한 본능적인 기피는 누구나 가지고 있다.

특히 이곳의 안전을 최우선시하는 평의회가 이런 일을 순순히 허락할 것이라곤 생각도 되지 않았다.

"허가하지."

"예?"

뜻밖에도 군터의 허락은 아주 쉽게 떨어졌다.

놀란 눈을 한 이델을 보고 군터는 가벼이 미소 지으며 말했다.

"리치든 데스 나이트든 우리 편이 되어준다면 기꺼이 손을 벌려 환영한다는 게 내 주의이네."

"하지만 여러 반발이 있지 않겠습니까. 그것들을 생각하면 함부로 일을 진행할 수는 없는 일입니다."

"후훗. 그런 것을 받아내고 해결하는 게 내 역할이네. 그것에 대해서는 걱정하지 말고 자넨 자네가 하려는 일에 최선을 다하게."

"예."

군터의 모습에는 한 단체의 수장다운 관록이 담겨 있었다. 이델은 그런 그를 보며 신뢰를 느낄 수 있었다.

"때마침 귀환하던 부대가 습격당해 큰 피해를 입는 일이 있었네."

"아."

이델은 자신이 돌아올 때 구했던 두 명의 이노센트 라이트 대원을 떠올렸다.

"최근 마왕군에 의한 위협이 커졌다고 상소하면 숲 외곽에 있는 마왕군에 대한 선제공격 허가를 받을 수 있을 것이네."

"그럼 그때를 노려야겠군요."

"단, 이 일에 대해서는 철저히 비밀로 붙여야 할 것 같네. 그리고 로스틴이 부활한 뒤에도 그의 신병에 대한 조치를 해야 할 필요가 있네."

"충분히 이해합니다."

로스틴이 무사히 부활하더라도 그의 존재는 기밀로 부쳐야 할 것이라는 뜻의 군터의 말을 이델은 선선히 받아들였다.

"그럼 마력을 부여하는 일도 극비로 해야 하겠네."

"로위나, 자네에게 부탁 좀 하지."

"이런 귀찮은 일에 휘말리고 싶지 않았는데. 에잉, 할 수 없지."

로위나는 탁자에 놓인 라이프 베슬을 집어 들었다. 그리고는 자리에서 일어났다.

"한 일주일 정도 걸릴 거야. 이 일이 끝나면 한 달 정도 휴가를 연장해 주는 거지?"

"그리 조치하지."

군터의 대답에 로위나는 만족스런 미소를 입가에 띠며 밖으로 나갔다.

이델도 자리에서 일어서며 말을 했다.

"그럼 저도 그만 가보겠습니다."

"잠깐, 조금만 더 있을 수 있겠나. 자네에게 할 말이 있네."

이델은 다시 자리에 앉았다. 군터가 괜히 이런 말을 할 리 없다는 것을 아는 그는 무슨 말이 나올까, 살짝 떨리는 마음을 가진 채 기다렸다.

"어제 난 자네의 이야기를 몇몇 평의원에게 말했네."

"몇몇이라 하면… 혹시?"

"자네 짐작이 맞네. 개인적으로 나와 의견이 맞는 평의원들이지."

군터는 이노센트 라이트의 총대장으로서 여러 가지 책임을 지고 있다. 조금이라도 더 그가 목표로 한 일을 성취하기 위해서 그는 정치적인 수단도 하나의 방법이라고 판단하였다.

정치적 입지를 쌓기 위해 군터는 먼저 7인의 평의원과 유대를 쌓았다. 물론 그건 쉽지 않은 일이었다.

위험을 감수해 가며 바깥에 나가 마왕군과 격돌하려는 이노센트 라이트의 취지는 평의회가 바라는 조용한 평화와 상반되기 때문이었다.

그럼에도 불구하고 군터는 세 명의 평의원을 자신의 편으로 끌어들일 수 있었다.

"그들의 생각은 어떤가요."

"안타깝지만 자네의 주장을 반신반의하는 입장들이네. 아무래도 마왕을 직접 쓰러뜨릴 수 있다는 사실을 믿지 못하는 것이겠지."

"쉽게 받아들이지 못하리라는 것은 이미 각오했던 바이지 않습니까. 앞으로 차근차근 설득을 한다면……."

"그러려면 최소 몇 년은 걸릴 것이네."

"아니 결정 한 번 하는데 그렇게 시간이 오래 걸린단 말입니까."

"삶이 짧은 우리 인간족과 다르게 다른 종족들에게 몇 년은 긴 시간이 아니기 때문에 평의회에선 중요한 의결은 그만큼의 시간을 들여 결정하네."

"그렇게 하다간 성공할 가능성은 낮아집니다."

절로 이델의 목소리가 커진다. 그 모습에 군터는 잠깐 눈을 지그시 감았다가 떴다.

"조금만 더 기다려 보게. 다음 주 중에 열리는 정기 평의회 회의에 내 직접 안건을 올리고 참가할 것이네. 그 자리에서 최대한 이 일의 중요성을 이야기한다면 좋은 결과를 얻을 수 있을 것이네."

"…예."

"그러니 자네는 자네가 하려는 일에만 집중하게, 알겠나?"

"그러겠습니다."

불투명한 전망이 살짝 걱정되었지만 이델은 군터를 믿고 성물 탐색에 대한 일을 전적으로 맡긴 채 기다려 보기로 하였다.

　　　　*　　　*　　　*

수림 팔로스가 모처럼 부산스러워졌다.

푸슉.

뭔가 꿰뚫는 소리와 함께 나무 아래로 흉측한 마수가 떨어진다.

방금 마수를 해치운 엘프 레인저는 뒤도 보지 않고 앞으로 나아갔다.

그가 온 방향에서 더 많은 인원이 일정 간격을 두고 움직이고 있었다.

"전방 정찰대의 보고입니다. 현재 마왕군 약 1개 연대가 숲에서 약 15km쯤 떨어진 개울 옆에 주둔 중이라고 합니다."

"예전보다 더 가까워져 있군."

호리호리한 체구와 다르게 강인한 전사의 눈을 가진 금발의 엘프 남성이 부관을 말을 들으며 걸음을 옮긴다.

"앗! 한 놈이 빠져나갔다."

최전방에서 숲의 마물들을 제거하며 길을 열던 이들을 뚫고 한 마리의 마수가 엘프 남성이 있는 곳으로 향한다.

그걸 발견한 주변의 전사들이 놈을 막으려 했다. 하지만 엘프 남성이 그들을 손짓으로 막았다.

"내가 처리하지."

"마타엘 님."

마타엘이라 이름 불린 엘프 남성은 허리에 차고 있던 세검을 뽑고선 움직였다.

단번에 마수가 달려드는 방향으로 뛰어든 마타엘은 청록색의 오러를 일시에 내뿜어 마수의 몸을 참륙했다.

"오오."

그 광경에 주변에 있던 자들은 탄성을 자아냈다.

한편, 그 광경을 멀리서 유심히 보는 시선이 있었다. 시선의 주인은 바로 이델이었다.

'저자가 수비대에 있다는 3명의 오러 유저 중 하나인 마타엘인가. 루시엘과 비교하면 부족함이 있긴 하지만 엘프 고유의 기술들은 제대로 습득한 것 같네.'

이델은 마티엘의 모습에서 옛날 자신과 함께 싸웠던 엘프족의 오러 유저 '엘븐 가드' 루시엘을 떠올렸다.

이번 작전을 위해 참가한 오러 유저는 총 네 명으로 이델과 이올라, 드워프 오러 유저 누크란에 수비대 소속인 루시엘이 참가하였다.

막강한 전력인 오러 유저가 4인이나 참가하였지만 적측에도 오러 유저가 있다는 정보가 있고 숫자상으로도 적이 여섯 배나 많기 때문에 방심은 금물이었다.

오랜만에 이뤄지는 이노센트 라이트와 수비대의 합동 작전은 순조롭게 진행되었다. 숲을 나온 이들은 마왕군의 순찰대를 은밀히 제거해 가며 숙영지 가까이로 잠입했다.

다행히 일은 순조로웠고 적들은 전혀 낌새를 눈치채지 못했다. 이윽고 숙영지가 눈앞에 보이는 곳까지 온 본대는 능선 뒤로 몸을 숨기고 공격을 준비했다.

"네루엘, 시작해."

"네."

유유히 흐르는 내천에서 멀지 않은 곳에 숙영지를 갖춘 마왕군을 향한 첫 공격은 은색 단발을 가진 여성 엘프의 손에 의해 펼쳐졌다.

정령사인 네루엘은 두 손을 마주 잡고 정령과의 교감을 시작했다. 그러자 흐릿하게 푸른색 형체들이 그녀의 주위로 나타나기 시작했다.

나타난 것은 물의 정령 '운디네'였다. 정령술에 의해 소환된 그들 운디네는 네루엘의 지시에 따라 개천으로 향했다.

쿠르르릉.

잠잠하던 수면이 갑자기 들썩이더니 개천에서 흐르던 방대한 물들이 급격히 범람하기 시작했다. 아래로 흘러야 할 물들이 정령의 통제에 의해 거대한 파도가 되어 숙영지를 덮치는 모습을 본 마티엘은 바로 공격 명령을 내렸다.

"영혼조차 얼리는 한기가 모든 것을 집어삼키리라, 블리자드 스톰!"

이번 전투에 참가한 엘프 대마법사 브리스엘의 마법이 갑작스런 물난리를 당한 숙영지를 덮쳤다.

곧 범람한 물이 얼어붙으면서 숙영지 전체가 빙하 지대가 되어버렸다.

"가자!"

"와아아아!"

마법 공격이 끝나자 마티엘은 선두에 서서 500여 명의 전사보다 먼저 숙영지 쪽으로 달려갔다.

느닷없는 기습에 마왕군은 큰 혼란에 빠져 있었다.

대부분 잠들어 있다가 갑자기 물벼락에 당했기에 병사들뿐만 아니라 숙영지에 있던 장비와 보급품도 제대로 건사하지 못했다. 그런 마당에 빙계 마법 중에서도 최상위 마법이 덮쳤으니 피해는 클 수밖에 없었다.

상당수가 고스란히 얼음덩어리가 된 상황에서 이들은 공격해 오는 시온의 부대를 제대로 막지 못하였다.

푸확!

"모두 죽여라!"

평화를 사랑하던 엘프는 이제 없다. 마티엘은 마족에 대한 적의를 절실히 드러내며 병사들을 움직였다.

여러 종족으로 구성된 시온의 부대는 몸이 얼어붙어 제대로 싸우지 못하는 마족들을 닥치는 대로 참살했다.

"크워어!"

하지만 곧 마왕군의 역습이 시작됐다.

오우거 병사가 한 명의 병사의 사지를 맨손으로 잡고는 그대로 둘로 찢어버린다. 일부 마족 병사들은 이처럼 맨손으로 공격을 가해왔고 그 기세에 시온의 부대는 공격 일변도의 움직임을 멈춰야 했다.

"플레임 스트라이크!"

갑자기 화염의 기둥이 오러를 뿌리며 공격하던 마티엘의 주변에 직격하였다.

곧 로브를 입은 다수의 마족 마법사가 마법을 전개하면서 피해가 생기기 시작했다.

이 광경을 본 브리스엘은 함께 온 삼십여 명의 마법사에게 지시를 내렸다.

"그대들은 방어 주문에 전념해라."

"알겠습니다, 브리스엘 님."

마법사들은 각종 방어 주문을 전개해 마족 마법사들의 마법을 전력으로 막아냈다. 그사이에 브리스엘은 상대편 마법사들을 제거할 마법을 완성시켰다.

음속에 가까운 속도로 날아간 빛줄기가 단번에 마력 장벽을 깨트리고 한 마족 마법사의 숨통을 꿰뚫는다. 그 뒤로도 연달아 마법 저격이 이뤄지자 마족 마법사들은 다급히 공격을 중단하고 자신의 보호에 힘을 쏟았다.

이때, 마족 숙영지에서 오러의 파장이 두 개 느껴졌다.

그것은 선홍의 기사단 소속으로 이곳에 파견된 두 명의 오러 유저가 내뿜는 파장이었다.

"이 버러지들이!"

남보라색의 오러를 휘감은 리자드맨이 무시무시한 기세로 달려오는 게 보인다.

곧 접근한 그의 검격에 선두에 있던 병사 서넛이 단숨에 베어졌다. 이 모습을 본 마티엘은 주저 없이 뛰쳐나가 그자를 상대했다.

마티엘의 세검에서 십여 갈래의 줄기가 뻗어 나가 리자드맨을 노린다. 이를 인지한 상대는 다급히 오러로 방어를 하였다.

콰앙!

"카앗!"

공격을 모두 막았지만 전해지는 충격에 리자드맨이 비명에 가까운 소리를 내질렀다.

마티엘이 한 명의 마족 오러 유저를 상대하는 사이, 심홍색의 오러를 가진 트롤 한 명이 브리스엘이 있는 쪽으로 접근하고 있었다.

"파이어 볼!"

그의 접근을 막기 위해 마법사들이 마법을 쏘고 궁수들이 화살을 날렸다. 그러나 오러의 힘으로 수비를 하는 트롤 오러 유저를 상대하기에는 위력이 약했다.

"대지의 정령이여, 저자의 발을 묶어주세요."

정령사인 네루엘이 대지의 정령을 불러내 트롤을 막아보려 했다.

격렬하게 흔들리는 대지의 충격이 잠시 트롤의 발길을 멈추게 한다. 하지만 그것도 잠시뿐이었다. 대지의 흔들림에 적응한 트롤은 다시 대지를 박차고 마법사들이 있는 곳으로 거의 날아오다시피 하며 접근하였다.

이대로라면 그의 검에 마법사들이 모두 살해당할 위기였다.

"다이빙 드라이브!"

순간! 아주 절묘한 타이밍에 하늘에서 날아든 하늘빛 궤적이 트롤이 접근하는 방향 앞으로 수직 낙하하였다. 그 충격에 일순 땅에 구덩이가 생겨나고 먼지 구름이 만들어졌다.

"웬 놈이냐."

창을 앞으로 겨누며 트롤은 자신의 앞길을 막은 자, 이델을 노려봤다.

그런 상대를 보며 이델은 차갑게 뇌까렸다.

"너를 해치울 자다."

그 말과 동시에 하늘빛의 오러가 한 줄기 섬광이 되어 휘둘러졌다.

*　　　*　　　*

이델은 마왕군 측 오러 유저를 상대로 본격적인 전투를 벌였다.

"하앗!"

기합과 함께 검에서 하늘색의 오러가 반월형의 형태로 뻗어나간다. 이를 본 트롤은 창으로 찌르기를 펼쳐 공격을 중간에서 차단했다.

그걸 본 이델은 간격을 좁히면서 재차 검을 출수했다. 한 번길게 뻗은 창을 회수하는 데 시간이 걸린다는 것을 이용한 공격이었다.

허나, 상대는 녹록치 않았다.

"소용없다!"

심홍색의 오러가 전신에서 강하게 방출되면서 날아드는 검을 저지한다. 거기서 그치지 않고 뿜어진 오러는 유형화되어 자그마한 형태의 창으로 사방에 뿜어져 나왔다.

"이런."

정면에서 쏟아지는 창들을 피하기엔 늦었다고 판단한 이델은 마력을 전개해 보호 장벽을 쳤다.

"음?"

자신의 공격이 보호 장벽과 부딪쳐 상쇄되는 모습을 본 트롤은 놀라는 표정을 지었다.

"오러와 마법을 같이 다루다니 기묘한 놈이군."

"그러한가."

이델은 잠깐 주변의 상황을 높은 공중에서 아래를 내려다보는 마법적 시선으로 살폈다.

각각 네 명의 오러 유저가 맞붙은 상황에서 살아남은 마왕군들은 곧 병력을 추슬러 반격을 꾀하고 있었다. 역시 정예병다운 움직임이었다.

마법으로 상당한 피해를 입었다고는 하나 아직 숫자로 우세한 그들은 꽤 조직적인 움직임으로 아군을 압박하려 했다. 하지만 그 시도는 쉽게 성공하지 못하고 있었다.

"흐하하핫! 대갈통을 박살 내주마!"

어스 파이터 누크란은 패도적인 기세로 공격을 하고 있었다.

흙색의 오러가 대지를 쪼개며 날아갈 때마다 수십의 마족 병사가 피를 뿌려댔다. 압도적인 힘으로 주변의 적을 쓸어내는 누크란을 감히 막기 위해 오우거 병사들이 뛰어들었다.

자신의 주변을 그림자로 덮는 오우거들을 본 누크란은 콧방귀를 뀌며 외쳤다.

"덩치만 크다고 다인 줄 아느냐! 흐랴아압!"

맨땅을 향해 배틀 엑스를 내리치자 그곳을 중심으로 대지가 무참히 갈라졌다. 그리고 잠시 뒤, 그 틈새에서 흙빛의 오러가 분수처럼 솟아나더니 주변에 서 있던 오우거들을 박살 내었다.

"하하핫, 맛이 어떠냐!"

호탕하게 웃으며 누크란은 다시금 적들을 향해 돌진했다.

누크란이 이런 저돌성을 가지고 적들 사이로 뛰어들어 혼란을 준다면 또 다른 오러 유저인 이올라는 뒤쪽에서 누크란이 있는 곳을 뚫고 오는 적들을 상대하고 있었다.

"스톰 디바이드!"

연녹색의 칼날이 달려드는 적들을 벤다. 이올라는 앞으로 달려 나가 자신의 대검으로 남아 있는 적들을 베고 또 베었다.

"야앙!"

민첩한 몸놀림을 보이며 캐넌도 한 고블린의 목을 날카로운 손톱으로 베어냈다.

오러 유저 둘이 가담한 덕에 전투는 불리하지 않은 선에서 유지되었다. 그런데 왜인지 시온의 군대는 조금씩 후방으로 후퇴해 갔다.

이를 모른 채 마왕군은 계속해서 피해를 입으면서도 그 뒤를 쫓았다.

"블러드 쟈벨린!"

"하늘의 수호!"

두 개의 오러 스킬이 충돌하면서 폭발을 일으킨다.

이델은 몸을 피했다가 돌진해 오는 트롤을 향해 성검을 뻗었다. 그러나 그 일격은 상대의 창에 실린 회전력으로 인해 튕겨 나가졌다.

곧 창날이 이델의 가슴 정중앙을 노리고 날아들었다.

"디멘션 홀(Dimension hole)."

위기를 모면하기 위해 이델은 성검에 각인된 주문을 즉각 펼쳤다. 그러자 격렬히 회전하는 오러를 담은 창날이 이델의 가슴 앞에 생긴 검은 구멍으로 빨려들어 갔다.

"크읏!"

생각 못한 방어에 트롤의 표정이 일그러졌다.

순간 이델의 성검이 호선을 그리며 창을 든 팔을 베어낸다.

"카아악!"

비명을 내지르면서도 트롤은 다시 추가타를 피해 몸을 날렸다.

바닥에 떨어진 팔에서 피가 튀며 잠시 물 위에 나온 생선처럼 펄떡거렸다. 이델은 그것을 보곤 바로 마법을 펼쳤다.

"파이어 번."

순식간에 완성된 고열의 불길이 잘려 나간 팔을 활활 태워 버렸다. 굳이 이렇게 손을 쓴 것은 그럴 만한 이유가 있었기 때문이었다.

'이걸로 놈의 전투력은 반감되었다.'

트롤의 재생력은 시간만 들인다면 잘려 나간 팔, 다리도 복원시킬 수 있을 정도다. 하물며 오러 유저라면 그 과정이 더욱 빨라지는 것은 일도 아니다.

그렇지만 그 작업을 하려면 힘을 꽤나 쏟아내야 하고 집중할 필요가 있다. 잘려진 팔을 갖다 붙이는 것보다 팔을 새로 만드는 데 시간과 힘이 더욱 소모된다는 점을 알고 팔을 태운 것이었다.

졸지에 팔을 잃은 트롤은 분노 가득한 눈길로 이델을 노려보았다.

'나도 슬슬 빠져볼까.'

이미 주변엔 아군이 없었다.

다른 오러 유저와 격돌했던 마티엘도 조금 전에 격투를 벌이면서 아군이 이동한 곳으로 장소를 옮겼다.

이제 자신도 가야 할 차례임을 인지한 이델은 상대를 앞에 두고 몸을 날렸다.

"거기 서라!"

자신의 몸에 큰 상처를 준 이델에게 앙갚음을 하기 위해 트롤은 재생도 하지 않은 채 뒤를 쫓았다.

바뀐 장소는 숲에서 얼마 떨어지지 않은 평원이었다.

침착하게 후퇴를 하여 이곳에 온 시온의 군대는 뒤따라온 마왕군을 상대로 다시 공세를 펼쳤다.

"그럼 시작할까."

이곳에서 계속 대기하였던 로위나는 접전을 펼치는 양군을 보고는 가볍게 손에 든 지팡이로 대지를 건드렸다. 그러자 특수하게 조제된 분말로 그려진 선이 빛을 내기 시작했다.

그 빛은 계속해서 선을 만들어갔고 그 안에 마법의 문양을 그렸다. 이렇게 그려진 마법진은 양군이 들어간 공간 전체를 에워쌀 정도였다.

쿠우우웅.

육중한 소리와 함께 마법진의 효과가 나타났다.

"몸, 몸이 왜 이러지?"

"힘이 빠진다."

싸우던 마족들은 갑자기 자신들의 몸에 탈력이 걸리자 크게 당황해하였다.

반면 시온의 군대는 전혀 이상 없이 쌩쌩한 모습이었다. 곧 마족의 마법사들은 원인을 찾아냈다.

"큭! 이 마법진, 생명력을 흡수하는 마법진인가."

"고작 이런 것으로……."

마력 흡수 마법진을 응용해 만든 이 생명력 흡수 마법진은 미리 마법의 영향을 받지 않게 마법 조치가 된 자 이외의 생명체들에게서 조금씩 생명력을 빨아내는 효과를 나타낸다.

그 효과는 몸에 약간 탈력이 걸리는 수준으로, 직접적으로 해를 주지 않지만 그래도 전투력을 격감시키는 효과를 지니고 있어 마족 병사들이 제대로 싸우지 못하게 하였다.

마족 마법사들은 이에 서둘러 마법진의 효과 자체를 무효화하는 마법을 펼치려 했다. 하지만 그들은 커다란 나무 위에서 절묘하게 날아드는 화살에 저격당하고 말았다.

이렇게 마법진이라는 함정에 빠져 마왕군은 시온의 군대를 상대로 어려운 싸움을 펼치며 발이 묶이는 신세가 되어버렸다. 그리고 그와 동시에 마법진에 그들로부터 흡수된 생명력이 점점 늘어났다.

이델은 마법진에서 좀 떨어진 지점에서 아까 상대한 트롤 오러 유저와 격돌 중이었다.

이델은 상대가 내지르는 순수한 오러로 된 창을 아슬아슬하게 피하며 창공검을 전개한 검을 수평으로 크게 휘둘렀다.

"카핫!"

기합과 함께 오러로 공격을 막아낸 트롤은 잠시 군대가 싸우는 쪽을 힐끔 쳐다봤다.

그러더니 돌연 오러를 한곳에 집중시켜 창을 만들어냈다.

"오늘은 물러나지만 다음엔 반드시 네놈의 사지를 찢어주마!"

"이런!"

도망치려는 것인가. 이델은 놈의 속셈을 눈치채고 도주를 막으려 했다. 하지만 그보다 먼저 심홍색의 창이 이델을 향해 빠르게 던져졌다.

　어설프게 막을 수 없는 위력의 공격이었기에 이델은 방어에 집중할 수밖에 없었다.

　"하늘의 수호!"

　공간이 순간 일그러지고 날아온 창의 궤도가 급격히 뒤틀려 옆쪽으로 날아갔다.

　땅에 충돌한 창은 대폭발을 일으켰다. 그 후폭풍에서 몸을 지키기 위해 이델은 마법을 펼쳐야만 했다.

　"칫, 놓쳤나."

　후폭풍이 걷힐 쯤에서 이델은 상대였던 트롤이 어디 있는지 확인했다. 놈은 주저 없이 병사들을 버리고 먼 곳까지 도망친 뒤였다.

　추적하면 따라잡을 순 있겠지만 지금은 도망친 적을 쫓는 것보다 원래의 목적이 더 중요했기에 이델은 추격의 의지를 버리고 전투가 벌어지는 곳으로 향했다.

　그가 갔을 때는 이미 상황이 거의 끝나가고 있었다.

　푸욱.

　눈에 띌 정도로 둔해진 몸놀림으로 날아드는 공격을 피해보려 하지만 결국 치명적인 부분에 창이 찔린 리자드맨이 풀썩 쓰러져 버린다.

　이제는 서 있는 자보다 땅에 누운 자들이 더 많은 상황이라 마왕군의 패색이 역력했다.

여기서 결정적으로 전세를 뒤엎는 외침이 있었다.

"적장의 목을 벴다!"

마티엘이 잘려진 리자드맨의 머리를 들고 큰 소리로 외치자 마왕군의 사기는 급격히 무너졌다.

한 번 무너지자 걷잡을 수 없을 만큼 무너져 버린 마왕군은 몰살되었고 매우 운 좋은 소수만 달아날 수가 있었다.

"이겼다."

"와아아아!"

실로 오랜만의 승전은 살아남은 자들에게 커다란 기쁨을 안겨다주었다.

모두가 승리의 기쁨을 나누는 가운데 이델은 마법진의 빛이 아직 완전히 걷혀지지 않은 것을 보았다.

'계획대로 된 것일까.'

답은 곧 알게 될 것이었다.

전투가 끝난 뒤 사상자를 수습하고 살아남은 마족들을 처리하는 과정이 대충 끝났다.

"귀환한다."

마티엘은 부대를 인솔해 돌아가고자 했다. 그러나 이델을 비롯한 몇은 그에 따르지 않았다.

"우리는 다른 지령이 있어 좀 더 뒤에 돌아가겠습니다."

"뭐라고?"

사전에 다른 말을 듣지 못한 마티엘은 자신의 지시에 따르지 않는 이올라의 태도에 불쾌감을 여실히 드러냈다.

그러한 마티엘을 보며 이올라는 담담히 말하였다.

"이노센트 라이트의 일입니다. 이해 부탁드리겠습니다."

"같은 작전을 펼친 우리도 모르는 다른 작전이라니. 애초부터 그쪽의 목적은 거기 있었던 건가."

"할 말이 없습니다."

"이봐!"

계속해서 침묵하는 이올라의 태도에 마티엘은 화를 내며 성큼 그녀에게 접근하려 했다. 그러나 그를 막는 이가 있었다.

"멈추시지."

"넌 누군데 내 앞을 가로막는 것이냐."

"당신의 기세가 별로 안 좋아서 막은 것뿐입니다. 좀 자중하시죠."

이델의 말에 마티엘은 침음을 흘렸다.

현재 보는 눈이 많은 지금 다툼을 벌이는 것은 문제가 될 수 있다는 것을 깨달은 것이다.

마티엘은 이델과 그 너머의 이올라를 보고는 말을 꺼냈다.

"그냥 묵과하지 않겠소. 돌아가서 이 일에 대한 소명을 평의회에 밝혀야 할 것이오."

"하라면 그렇게 하겠습니다."

"큭."

끝까지 밝히지 않는 이올라의 태도에 마티엘은 분한 내색을 감추지 못하면서 등을 돌렸다.

곧 수비대의 병력들은 마티엘의 통제 하에 떠나갔다. 남은 건 이노센트 라이트의 대원들뿐이었다.

"그 녀석들, 이제야 갔나 보네."

"로워나 님."

한쪽에서 쓰윽 나타난 로워나는 피곤한 얼굴을 하고 있었다.

지난 일주간간 마력을 죄다 라이프 베슬에 쏟아 넣다 보니 생긴 부작용이었다.

로워나에게 이델은 질문했다.

"어떻게 되었습니까."

"준비는 다 됐어."

"휴."

이 모든 게 수포로 돌아가지 않아서 다행이었다.

곧 로워나는 무수한 시체가 놓인 마법진의 중심으로 향했다. 그리고 품에서 라이프 베슬을 꺼냈다. 전과 다르게 그것에서는 막대한 마력이 흘러넘치고 있었다.

"흠, 정말 잘하는 일인지 모르겠군."

"누크란 님."

"군터 총대장의 생각이 옳다고 생각하는 만큼 이 일을 막을 생각은 없네. 그러나 만약 내 우려대로 일이 진행된다면 나는 지체 없이 그자를 벨 것이네."

"그땐 저도 거들 것입니다."

이곳의 이노센트 라이트 대원들은 최악의 사태를 대비해 남아 있는 것이었다.

실제로 대원들은 마법진 주변에 흩어져 긴장된 눈으로 앞으로 벌어질 일을 기다리고 있었다.

"그럼 시작한다."

"네."

이 순간만큼은 이델도 긴장하지 않을 수 없었다.

다들 마법진 밖으로 물러난 상황에서 로위나만이 라이프 베슬 곁에 서서 주문을 외우기 시작했다. 그러자 마법진에서 은은하게 발하던 빛이 점점 커지더니 빛의 무리가 허공에 생겨났다. 그리고 동시에 땅에 놓인 라이프 베슬이 공중으로 서서히 떠오르기 시작했다.

다른 사람들은 느낄 수 없었지만 이델을 비롯한 오러 유저들은 그 빛에서 생명만이 가지는 생명력을 강하게 느낄 수 있었다.

빛의 무리는 곧 중앙에 놓인 라이프 베슬에게로 모여들었다.

쿠웅.

순간 심장 박동 같은 소리가 라이프 베슬 내부에서 들려왔다.

"꿀꺽."

그 광경을 보는 모두는 긴장된 눈빛을 감추지 못했다.

이델은 로스틴의 부활이 곧 머지않았음을 알 수 있었다. 기대감도 컸지만 동시에 우려하는 마음도 생겨났다.

만약 로스틴이 잘못된 모습으로 부활한다면 그때는 개인적인 감정을 버려야 한다는 다짐을 하며 점점 빠르게 맥동치는 라이프 베슬을 보았다.

마침내 모든 생명력을 흡수한 라이프 베슬이 갑자기 공중을 돌기 시작하더니 바닥에 쓰러진 한 오크 시체 위에 멈췄다. 그러더니 그 안으로 스며들었다.

그러자 지독한 사기가 시체를 감쌌다. 곁에서 지켜보던 이들은 그 모습에 두려움을 가지기 시작했다.

"괜찮은 거야, 정말?"

"역시 위험한 짓이었어. 애초에 살아 있지 않은 자를 되살리겠다니, 제정신으로 할 수 있는 생각이 아니었던 거야."

어떤 자들은 벌써 마법진을 향해 무기를 겨누기까지 했다.

위험한 분위기가 무르익는 가운데 오크 시체의 모습이 변하기 시작했다. 피부가 급속도로 괴사하고 미이라화 되는 것을 볼 수 있었다.

급기야 살점이라 할 수 있는 모든 게 먼지가 되어 사방으로 흩어졌다. 이윽고 백골만 남은 시체에 사기가 집약되고 해골의 눈동자 안에서는 붉은 안광이 나타났다.

─ 나… 나는…….

"로스틴 님?"

희미하고 띄엄띄엄 전해지는 로스틴의 의념이 느껴졌다.

과연 제대로 성공한 것일까. 이델은 물론, 모두가 초조하게 결과를 기다렸다.

마침내 모든 사기가 뼈만 남은 육신에 스며들고 허공에 떠 있던 몸이 다시 땅에 서게 되었다. 그런 뒤에 붉은 안광을 내뿜으며 고개를 든 오크 해골은 뼈마디가 부딪치는 기괴한 소리를 내며 좌우를 보았다.

— 여기는 어디지. 그대들은 누군가.

"절 기억하십니까, 로스틴 님."

혼란스러워하는 로스틴을 향해 이델은 조심스럽게 자신을 보였다. 그러자 곧 로스틴의 붉은 안광이 이델 쪽으로 향하였다.

눈을 마주친 잠깐이 마치 영겁의 시간처럼 느껴졌다.

— 그대는 이델 군이 아닌가.

"아!"

자신을 또렷이 알아보는 로스틴의 말에 일순 이델은 화색을 띠었다.

— 내가 여기에 어떻게 있는 것인가. 아니, 그전에 난 분명 소멸했어야 하는데 왜…….

"이야기하자면 깁니다. 우선 이거라도 걸치세요."

이델은 준비한 로브를 로스틴에게 건넸다. 그 모습을 지켜본 이올라는 손을 뻗어 대원들에게 무기를 거둘 것을 지시했다.

잠시 혼란에 빠졌던 로스틴은 안면을 감싸던 손을 내리며 말했다.

— 그 마법을 쓸 때 내 라이프 베슬이 파괴되리라 생각했었

거늘, 질기게 다시 부활하다니. 이렇게 나를 부활시킨 건 자네 겠군.

"그렇습니다."

— 어째서 나를 다시 깨운 것인가.

"당신의 힘이 필요하기 때문입니다, 로스틴 님."

— 나의 힘이 말인가.

"그렇습니다. 인간족과 빛의 종족들의 미래를 위해 부디 다시 한 번 싸워주십시오."

로스틴은 잠시간 아무 말도 없었다. 그 모습에 누크란은 암암리에 오러를 끌어 올렸다. 아마도 지금 로스틴이 다른 마음을 품고 있다고 오해하는 것 같았다.

이에 이델은 누크란에게 넌지시 말을 전달했다.

"걱정하지 마십시오. 지금 로스틴 님은 제가 알고 있는 그분이 맞습니다."

"그래도 안심할 수가 없구만."

"잠시만 제게 시간을 주시겠습니까."

"…알겠네."

이델의 말에 누크란은 드러낸 오러를 다시금 체내로 거둬들였다.

이윽고 긴 침묵을 깨고 로스틴은 의념을 이델에게 전달했다.

— 난 죽은 자이네. 그대들과 같은, 이 시대에 사는 자들과 어울려 함께 싸울 수 없네.

"그렇게 생각하십니까."

이뎰은 로스틴의 말에 반박을 했다. 그리고 그에게 천천히 다가갔다.

서로 얼굴을 맞대어 볼 수 있을 정도로 가까워진 거리에서 이뎰은 메시지 마법으로 로스틴에게 말을 걸었다.

— 저 역시 이 시대의 사람이 아닙니다.

— 그게 무슨 말인가.

— 믿기 어렵겠지만 전… 천 년 전의 용사입니다.

— ……!

듣고도 믿을 수 없는 놀라운 이뎰의 말에 로스틴에게서 전해지는 의념이 순간 강하게 떨려 왔다.

자신의 비밀을 밝힌 것은 로스틴을 설득하기 위함이었다.

— 일단 제 이야기를 들어주십시오.

— 그래야 할 것 같군.

대답을 들은 이뎰은 로스틴에게 천천히 그리고 차근차근 이야기를 들려주었다.

3장

성
물
탐
색

로스틴의 부활이 무사히 끝나고 돌아온 이노센트 라이트는 마티엘이 경고했던 대로 평의회에 의해 시달리게 되었다.

　이번 일에 대한 책임을 놓고 군터와 이올라는 평의회의 연이은 호출을 받았다. 이를 피할 수는 없었고 두 사람은 쉴 틈 없이 불려 가야만 했다. 마왕 토벌에 대한 문제는 자연스럽게 뒷전이 되고 말았다.

　그 대신 반대급부라고 해야 할까. 이델에 관한 문제는 스리슬쩍 묻혀 버려 두 사람과 같이 불려 다닐 일은 피할 수 있어 그나마 다행이었다.

　"이렇게 된 이상 나라도 뭔가 해야 할 때다."

　하루라도 빨리 성물을 찾기 위해서는 가만히 앉아 손 놓고 있을 수만은 없었다.

하여 이델은 성물에 관한 단서부터 찾아보기로 했다. 그러기 위해 들른 곳이 있었다.

"여기가 도서관인가."

"응, 맞아."

함께 따라온 캐넌이 힘주어 대답했다.

이델은 커다란 나무와 어우러진 목재 건물로 들어섰다.

눈앞에 층층마다 놓인 무수한 책장과 그곳에 빼곡히 들어찬 책들이 보였다.

아주 오래된 고서부터 단순한 동화책까지 그 종류도 실로 다양하다.

이곳 도서관에는 멸망의 시기 때 미래를 걱정한 선각자들이 목숨을 걸고 지켜낸 수만 권의 책이 소장되어 있다. 덕분에 과거의 지식 전부를 잃지 않고 대대로 전해줄 수가 있었다.

그리고 이델이 원하는 것도 이 안 어딘가에 기록되어 있을지 모른다.

"굉장해."

이델은 나지막하게 탄성을 터트리며 도서관 안으로 발을 디뎠다. 그런 그를 쫓아 함께 걸으면서 캐넌이 물음을 던졌다.

"그런데 여기에 왜 온 거야?"

"찾아야 할 게 있어."

"우웅. 나는 글자를 전혀 모르는데. 그리고 여긴 왠지 퀴퀴한 냄새도 나서 오래 있고 싶지 않아."

"부담되면 먼저 가도 돼. 여기까지 안내해 줘서 고마워, 캐넌."

"헤헷!"

이델의 말에 캐넌은 기분이 좋았는지 머리를 살짝 들이밀면서 마치 쓰다듬어 달라는 듯 표정을 지어 보였다.

이에 이델은 푸근한 미소를 지으며 가볍게 머리를 쓰다듬어 주었다.

"그럼 본격적으로 조사를 시작해 볼까."

캐넌을 보내고 이델은 성물에 관한 내용이 적힌 책을 찾고자 했다. 그런데 수만 권이나 되는 책을 일일이 찾아볼 수는 없는 노릇이었다.

마침 사서로 보이는 갈색 머리의 여성 엘프가 다가오는 게 보였다.

"좀 도와주실 수 있겠습니까."

"예?"

"좀 조사할 게 있는데 필요한 책을 찾기가 어렵네요."

"그런 일이라면 제가 응당 도와드려야죠. 어떤 책을 찾으시죠."

"음… 우선 신학과 관련된 책과 옛날 전설에 대한 이야기가 담긴 책부터 찾아주시겠습니까. 아, 기왕이면 신의 힘이 깃든 성스러운 물건에 대한 내용이 있는 책이면 좋겠습니다."

"특정 주제를 담은 책을 찾는 거라면 시간이 좀 걸릴 듯싶은데 괜찮으시겠어요?"

"그런 거라면 걱정 안 하셔도 됩니다."

"알겠습니다. 그럼 잠시만 기다려 주세요."

사서의 말에 이델은 차분히 시간을 가지고 기다렸다.

손에 잡히는 책을 얼마쯤 읽었을까. 열댓 권쯤 되는 책을 한 아름 들고 사서가 왔다.

그 분량에 이델은 순간 자신도 모르게 침을 꿀꺽 삼키고 말았다.

"우선 간추려서 가져왔는데 더 가져다 드릴까요?"

"아뇨, 괜찮습니다."

손을 크게 좌우로 내저으며 이델은 사양을 했다. 솔직히 지금 눈앞에 놓인 책들을 오늘 안에 다 볼 수나 있을지 자신하기 힘들었기 때문이다.

어쨌든 원하는 책을 받은 이델은 책의 제목부터 확인하였다.

"성인 로코델의 이야기, 용사 아리오스의 전대기, 신비 유적의 총람. 확실히 적절한 선택인데."

이델은 곧 제일 위에 있던 책을 펼쳤다. 책의 내용을 집중해서 읽기보다는 원하는 내용을 찾는 데 주력하며 페이지를 빠르게 넘겨갔다.

그렇게 한 권, 두 권 읽어 내려가는 사이 시간은 빠르게 흘러갔다.

"으음."

계속 활자를 읽어내는 일은 쉽지 않았다. 피곤에 찌든 눈을 부비면서 이델은 애써 남은 내용을 읽었다.

마침내 마지막 책의 마지막 책장이 덮어졌다. 책을 덮은 이델의 표정은 썩 밝지 못했다. 하루 종일 고생했음에도 불구하고 원하는 내용을 찾지 못해서였다.

"생각했던 것보다 훨씬 어려운데, 이거."

너무 쉽게 자신한 게 아닌가, 라고 이델은 문득 후회했다.

신이 직접 창조한 물건은 그야말로 아주 고대 때나 용사의 등장 시기 때에만 만들어졌을 뿐이고, 성인이라 할 수 있는 대단한 신성력을 가진 성직자가 만들어낸 성물 역시 잘해봐야 한 시대에 한두 개 정도일 따름이다.

그나마도 대다수가 쓰임을 다해 소실되거나 최후의 행방은 알 수 없다고 나와 있었다.

"그래도 포기할 수는 없지."

세상 어딘가에 분명 아직 남은 성물이 있을 것이라 믿으며 이델은 자리에서 일어났다.

어느새 밖은 밤이 되어 있었다. 그것을 보니 방금까지 느끼지 못한 허기가 자연스레 찾아왔다.

"배식받기는 그른 건가……. 할 수 없지, 오늘은 집에서 먹는 수밖에."

이델은 그렇게 자신의 거처로 발걸음을 옮겼다. 그런데 도착해 보니 집 앞에 웬 사내 한 명이 있는 게 보였다.

"주, 주인님."

앞치마를 두른 모습으로 집 앞에 있는 자의 눈치를 보던 쿠우카는 이델이 온 것을 보고 반색을 했다.

자신에게 달려오는 쿠우카를 가볍게 옆으로 흘려보내고 이델은 사내의 얼굴을 보았다. 상대는 엘프족이었다. 나이를 먹어도 젊은 외모를 유지하는 다른 엘프족과 다르게 주름진 중년의 외모를 가진 것으로 500살 이상 나이를 먹은 것을 짐작할수 있었다.

중년의 엘프는 곧 이델에게 정중히 고개를 숙여 보이며 자신을 소개했다.

"전 평의원이신 카디엘 님을 모시는 시종관 벨티알이라고합니다."

"전 이델 카스트로라고 합니다. 그런데 평의원을 모시는 분께서 어째서 제 집 앞에 와 계신 겁니까."

"카디엘 님께서 이델 님과 저녁을 함께 나누고 싶어 하십니다."

"저와 말입니까?"

생각지도 못한 말이었다. 딱 한 번 봤을 뿐인 평의원이 직접 사람을 보내 식사를 초대한다는 게 선뜻 이해가 되지 않았다.

순간 이델의 머릿속은 복잡해졌다.

'왜 갑자기 나를 찾는 것이지? 혹시 이번 일 때문에 날 찾는 것일까. 아니면 다른 이유가 있는 건가.'

뭔가 꺼림칙해 응하고 싶지가 않다. 하지만 상대는 보통의 인물이 아니다.

거절하기엔 부담이 있었기에 이델은 고민한 끝에 대답을 하였다.

"알겠습니다. 초대해 주신다는 것을 마다할 수는 없지요."

"그리 말씀해 주시니 안심이 되는군요. 그런데 이렇게 말씀드려 송구스럽지만 조금 늦어진 감이 있으니 조금 서둘러 주시지 않겠습니까."

"그거야 어려운 일이 아니죠. 그런데 복장이 이래선……."

"그 점은 염려하지 않으셔도 됩니다. 그럼 가시죠."

"아, 예."

가보면 이 초대에 대한 의문이 자연스레 풀리리라. 그리 생각하며 이델은 벨티알을 따라 평의원 중 한 명인 카디엘을 만나러 가게 되었다.

*   *   *

카디엘이 머무는 거처는 시온의 중심, 세계수가 자리한 곳 근처에 있었다.

이 중앙 지역은 엘프족들의 영역이라 다른 종족들은 거의 들어올 수 없는 곳이었기에 지나가던 소수의 엘프들은 이델의 얼굴을 한 번씩 쳐다보기도 했다.

"이곳입니다."

벨티알이 안내한 곳은 나무 자체의 내부에 인위적으로 공간을 만든 엘프족 고유의 주택이었다. 다만 다른 나무보다 몇 배나 큰 게 엘프족의 실권을 쥔 인물이 사는 곳이라는 사실을 쉽게 알게 해주었다.

안내받아 안으로 들어가니 위로 올라갈 수 있게 만들어진 소용돌이식 나무 계단이 보였다.

"이쪽으로 오시죠."

"예."

이델은 식당에 들어섰다. 아담한 원형 식탁에는 과일들이 담긴 나무 그릇이 있었다.

벨티엘이 카디엘을 부르러 가고 이델은 잠시 혼자 남겨졌다.

'과연 날 부를 이유가 뭘까.'

내심 궁금해하며 기다리기를 수 분. 계단을 내려오는 소리가 들려왔기에 이델은 자리에서 일어났다. 은으로 된 테를 머리에 두르고 녹색의 간소한 복장을 한 노년의 엘프, 카디엘이 식당에 들어섰다.

카디엘은 이델을 마주보면서 살짝 미묘한 미소를 지었다. 하지만 이델은 그것을 눈치채지 못했다.

눈인사를 마치고 카디엘은 이델과 악수를 하며 말을 하였다.

"내 초대에 응해줘서 고맙네."

"아닙니다. 저야말로 이렇게 평의원 중 한 분께서 직접 초대를 해주시니 몸 둘 바를 모르겠습니다."

"훗, 그런가."

첫 대면을 마친 두 사람은 바로 손을 떼고 자리에 착석했다.

벨티알은 준비된 여러 음식들을 식탁에 내놓았다. 채식 위주의 엘프 식단이 아닌, 이델을 배려한 고기 요리도 포함되어 있었다.

"변변찮지만 들게."

"네에."

중요한 이야기는 꺼내지 않고 식사를 권하는 카디엘의 눈치를 보며 이델은 나이프와 포크를 잡았다.

일단 음식 맛은 나쁘지 않았다. 잠시지만 아까까지 가지던 의문은 잊고 허기를 달래기 위해 눈앞의 음식들을 정신없이 먹었다.

"맛이 괜찮나?"

"음! 음!"

갑작스런 말에 놀라 이델은 사레에 걸렸다. 그 모습에 옆에서 시중을 들던 벨티알은 포도주를 잔에 담아 건넸다.

그것을 마시고 나서야 겨우 숨을 돌린 이델은 벌겋게 달아오른 얼굴을 애써 감추며 허둥지둥 말을 하였다.

"무례한 모습을 보여 죄송합니다."

"허허, 아닐세."

"음식이 너무 맛있어 저도 모르게 심취해 버려서 그만……."

"우리 집 음식이 입맛에 맞다니 다행이군."

"하하."

카디엘의 말에 이델은 멋쩍은 미소를 지을 따름이었다. 그

렇게 식사를 하고 다음엔 응접실로 자리를 옮겨 차를 접대받
게 되었다.

"향이 좋군요."

"에스테를 달인 차네. 자네의 취향에도 맞다니 기쁘군."

"그렇군요."

슬슬 이야기를 꺼낼 때가 아닌가.

아무리 기다려도 도통 중요한 말을 꺼내지 않는 카디엘의
모습에 조바심이 났다.

결국 이델은 먼저 말을 꺼내고 말았다.

"저를 이렇게 일부러 혼자 부른 이유가 있으실 것 같은데 말
해주지 않으시겠습니까."

"꼭 이유가 있어야 하는 것인가."

"……."

순간 자신에게 한 농담인가 착각이 드는 말에 이델은 말문
이 턱 막히는 기분을 느낄 수 있었다.

단순히 떠보기 위함일 수도 있다는 생각에 다시 정신줄을
바짝 조이며 이델은 진지한 눈빛으로 카디엘을 보았다.

"뭔가 하실 이야기가 있어서 절 부른 게 아니십니까. 그런
게 아니라면 이만 가보겠습니다."

"…자네의 신상 정보를 들었네. 천 년 전에 마왕을 쓰러뜨린
용사였다지."

"그것이 알고 싶어 절 찾으신 겁니까."

이미 평의회의 평의원들은 이 정보를 알고 있을 터, 구태여

이런 개인적인 자리에서 확인할 필요가 있을까. 속으로 이런 의혹을 가지면서 이델은 선 상태로 지그시 카디엘의 눈을 보았다.

카디엘의 입가에서 미소가 보였다. 그 미소는 마치 반가운 사람을 만났을 때 짓는 미소와 매우 흡사해 보였다.

'뭐지?'

미소의 의미를 모르는 이델은 경계의 눈빛을 살짝 취했다. 이런 그를 말없이 보던 카디엘이 입을 열었다.

"저를 보고 기억나시는 게 없으십니까."

"에?"

돌연 자신에게 존댓말을 하는 카디엘의 태도에 이델은 먼저 당황함부터 가졌다.

"갑자기 저에게 왜 이러십니까."

"역시 절 기억하지 못하시는군요."

"대체 그게 무슨……."

"하긴 천 년이 넘는 시간이 흘렀고 저 또한 이렇게 늙었으니 기억하지 못하는 게 당연하지요."

천 년이라는 말에 이델은 불현듯 아득한 과거의 일을 떠올리게 되었다.

한참 마왕군과의 전쟁을 치르던 당시, 이델의 파티는 한 엘프 마을을 구원한 적이 있었다. 그곳에서 살아남은 자들은 그때 감사를 표했었다.

당시 많은 엘프들이 고마움을 표시했지만 특히 유독 기억에 남는 엘프가 있었다.

"제 어머니를 구해주셔서 정말로 고맙습니다."

또랑또랑한 목소리로 고마움을 밝힌 어린 소년 엘프. 까마득한 과거이기에 이제껏 기억하지 못했던 그 모습이 머릿속에서 그려지자 이델은 풀리지 않던 퍼즐을 푼 기분에 사로잡히게 되었다.

"설마……."

"아주 먼 옛날, 당신의 도움으로 살아남을 수 있었던 그로지아 일족의 어린 엘프가 바로 저입니다, 용사시여."

정중히 들려오는 카디엘의 말에 이델은 멍한 표정을 짓지 않을 수 없었다.

*　　　*　　　*

"처음에 마주 뵈었을 때는 확신을 가질 수 없었지만 군터 경의 이야기를 통해 내가 착각한 게 아니라는 사실을 알게 되었습니다."

"하긴 이렇게 시간이 흘렀다면 충분히 착각할 수도 있겠죠. 그보다 그 존댓말은 좀 사양해 줬으면 했으면 하는데요. 과거야 어쨌든 지금은 나보다 수십 배나 나이가 많지 않습니까."

"걱정하지 마십시오. 이 자리는 둘만의 사적인 자리이니 문제될 건 없습니다. 다른 자리에서는 입방아에 오르지 않게 표면상의 입장으로 대할 것입니다."

"하아."

"그러니 이델 님도 저와 있을 테니 편하게 말씀하셔도 됩니다."

"그리 말한다면……."

고집스레 말하는 카디엘을 더는 만류할 자신이 없었다.

곰곰이 생각해 보면 참으로 기묘한 운명이 아닐 수 없다. 다시는 과거의 사람들을 보지 못할 것이라 생각했는데 이렇게 과거에 인연을 가졌던 이와 마주 앉아 있게 될 줄이야.

뭔가 어색하면서도 과거의 향수가 느껴지는 묘한 감정이 새삼스레 이델의 마음속에 싹텄다.

문득 과거의 이야기를 묻지 않을 수 없었다.

"내가 죽었다고 알려졌을 테지. 그 당시에 말이야."

"솔직히 말하자면 다들 그렇게 생각했었습니다. 다만 끝까지 용사님이 죽지 않았다고 믿는 이들도 몇몇 있었다고 들었습니다."

"그런가."

자신이 끝까지 살아 있을 것이라고 믿어준 이들이 있었다는 사실이 조금 마음을 무겁게 만들었다.

이델은 카디엘을 보며 물었다.

"그럼 다른 평의원들도 내 정체에 대해 알고 있나."

"군터 경의 말을 통해 다들 사실을 알고 있습니다. 그러나 일부 의원들은 그 말 자체를 신뢰하지 못하고 있어 내부적으로 의견이 일치하지 못하고 있는 실정입니다."

"역시 그랬던 건가."

이미 짐작하던 일이었다.

그보다 더 중요한 문제가 있지 않았던가. 이델은 조심스럽게 운을 띄웠다.

"그럼 군터 총대장에게서 그 이야기도 들었나?"

"마왕 토벌에 대한 이야기입니까. 직접 듣지는 못했습니다."

"그런가."

아무래도 카디엘은 군터와 직접적으로 친분 관계를 맺은 사이는 아닌 모양이었다.

이델은 곧 신중히 질문하였다.

"솔직히 사심 없이 대답하기 바랄게. 나의 생각에 대한 생각을 말해줘."

"솔직하게라 하시면 평의원으로서의 제 입장을 알고 싶으신 것이십니까."

"그래."

"그렇다면 말씀드리죠. 전 평의원의 입장에서 마왕 토벌에 회의적인 입장입니다."

카디엘은 한 치의 주저 없이 말하였다. 어느 정도 예상했던 대답이었기에 이델은 크게 놀라지 않았다.

이델은 속으로 생각했다. 지금 이 자리에서 카디엘을 설득시킨다면 정체된 계획을 좀 더 빠르게 성사시킬 수 있다.

"묻겠어. 왜 그런 생각을 하게 된 거지?"

"우선 성물을 찾는 일부터가 여러 난제를 가지고 있다고 보았습니다."

"성물을 찾는 일이 어렵다는 것은 나도 알고 있어."

"그것은 중요한 문제가 아닙니다. 저, 그리고 저와 뜻을 함께하는 평의원들이 우려하는 것은 이 일에 쏟아야 하는 시간과 인원입니다."

"……."

"실마리 같은 단서가 있다 해도 그것을 쫓아 성물을 찾으려면 결코 한두 명의 인원만 가지고는 할 수 없지요. 아마 모르긴 몰라도 이노센트 라이트 전원은 물론이고 그 외에도 많은 인원이 필요할 것입니다. 그리고 그만큼의 인원을 집중시켜 가면서 성물을 찾는다고 그게 쉽게 찾아질 것이라고는 생각하지 않습니다. 어쩌면 시간과 인력 낭비만 하고 실패로 끝날 가능성도 있겠지요."

카디엘의 말은 지극히 타당한 말이었다.

듣는 내내 이델은 아무런 반박도 할 수 없었다. 사실 이런 문제는 그도 일찌감치 알고 있었다.

단서를 찾는다 해도 시간이 많이 흐른 상황이라면 돌발 변수가 있을 수 있기에 그 일대 지역을 이 잡듯이 찾아야 할 것이다. 그것은 많은 인력과 시간을 투자해야 할 일임이 분명했기에 반박을 할 수가 없었던 것이다.

그리고 카디엘은 약간 다르긴 하지만 전에 군터가 말하였던 두 가지 난제와 비슷한 문제점을 거론했다.

"알다시피 시온은 결코 안정된 상태가 아닙니다. 지금이야 평화로운 시기를 누리고 있지만 언제 어느 때 마족들이 대대적으로 공격할지 모릅니다. 그런 사실을 거주민들도 잘 알고 있기에 은연중에 그러한 불안감을 지니고 있습니다."

"으음."

"불안은 곧 공포를 낳고, 공포는 다시 혼란을 낳게 됩니다. 분명 마왕 토벌의 가능성이 희망을 줄 수 있겠지만 그를 위해 이곳의 방어를 허술하게 한다면 거주민들의 불안감은 분명 더욱 커지게 될 것입니다."

말을 듣고 나니 지나치다 할 정도로 이곳을 지키려고만 한 수비대와 평의회의 입장이 조금은 이해가 간다. 하지만 그렇다고 이렇게 숨어사는 것을 용납할 수는 없었다.

"그래도 난 이 일을 멈추지 않을 거야. 만약 허락이 떨어지지 않는다면 혼자서라도 해내고 말겠어."

"혼자서는 감당할 수 있는 일이 아니지 않습니까."

"잊었어? 난 용사야."

이델은 카디엘의 눈을 똑바로 마주보며 말했다.

용사의 사명은 바로 세상을 멸망시키려는 마신의 주구인 마왕을 쓰러뜨리는 것이다. 뭐 지금의 마왕은 좀 다르지만 그래도 인간족과 빛의 종족들을 위해 토벌해야 한다는 사실만은 분명하다.

"지금 시대에 내가 깨어난 데는 그만한 이유가 있겠지, 라고 난 생각해. 그런 만큼 실낱같은 가능성일지라도 여기에 모든 것을 걸고 해내 보이겠어."

"후후."

이델의 말에 카디엘은 돌연 웃음을 터트렸다. 그러다 이델에게 환한 얼굴을 보이며 말했다.

"역시 용사님은 예나 지금이나 달라지신 게 없군요."

"너에겐 천 년의 시간이 흘렀겠지만 나에겐 겨우 일 년 좀 넘는 시간이 흘렀을 뿐이니 달라진 게 없어 보이는 것이 당연하겠지."

"좋습니다. 전 용사님을 한번 믿어보겠습니다."

"정말이야?"

긍정적인 대답을 들은 이델은 반색했다.

카디엘은 잔잔한 미소를 보이며 차분히 말하였다.

"일단 최대한 힘을 써보겠습니다. 하지만 제 입장이 바뀐 것은 아닙니다."

"그 말의 뜻은……?"

"시온의 안전을 지키는 것과 성물들을 찾아 마왕을 토벌하는 것, 이 두 가지 모두를 해낼 수 있는 방법을 최대한 찾아보겠습니다. 그리고 그것이 평의회에서 통과되도록 최선을 다하겠습니다."

카디엘의 이야기에 이델은 곧 이해하고 고개를 끄덕였다. 수많은 거주민을 누구보다 생각하는 그가 이렇게 말해주는 것 자체가 엄청난 결단임을 안 것이다.

이렇게 이야기가 끝이 났다. 시간이 늦었기에 이델은 그만

자리에서 일어났다.

"그럼 곧 좋은 소식을 전해주겠네."

"부탁하겠습니다."

다시 평의원과 평범한 이노센트 라이트의 대원으로 돌아와 말을 나눈 두 사람은 악수를 하였다. 그리고 가벼운 포옹을 하였다.

이때, 이델은 아까 하지 못했던 말을 꺼내었다.

"고마워, 날 기억해 줘서."

"……!"

한 걸음 뒤로 물러난 이델은, 예전 구원을 받고 자신을 보던 어린 엘프에게 보여주었던 미소를 보인 후 몸을 돌렸다.

"어르신?"

카디엘의 옆에 있던 벨티알이 의아해한다. 이델이 떠나고 한참의 시간이 흘렀음에도 그가 모시는 카디엘이 제자리에서 움직이지 않았기 때문이었다.

옆에 서 있던 벨티알은 볼 수 없었다.

천 년 만에 자신을 구해준 은인을 만난 카디엘이 흘리는 기쁨의 눈물을 말이다.

*   *   *

"휴우, 이것도 아니야."

이델은 펼쳤던 책을 덮고는 두 손가락으로 눈을 비볐다. 벌써 몇 시간째 책과 씨름을 했더니 눈이 피로해진 것이다.

이렇게까지 했음에도 만족할 만한 단서 하나 나오지 않으니 답답함은 더더욱 커져갔다.

"음냐, 음냐."

옆에선 캐넌이 자고 있었다. 웬일인지 오늘은 도서관 안까지 동행한 그녀가 딱히 도움이 된 일은 없었다.

간지러운지 잠든 상태에서도 꼬리를 움직여 머리를 긁는 모습을 보니 실소가 절로 흘러나왔다.

"오늘도 고생이시네요."

"그렇지, 뭐."

요 며칠 출석 도장을 찍은 덕분에 약간의 친분을 가지게 된 도서관 사서 로시엘은 풋, 하고 웃더니 들고 있던 책을 책상에 내려놓았다.

"추가로 찾은 책들이에요."

"고마워."

얼마나 쉬었다고 이델은 바로 위의 책을 집어 펼쳤다.

이번 책은 과거의 전설들을 모아 기록한 책이었다. 별의별 일을 다 경험한 이델조차도 허황되다고 생각되어지는 전설이 기록되어 있었다.

"여기서도 기대할 만한 내용은 찾기 힘들겠는걸."

별 기대 없이 이델은 책장을 무심히 넘겨갔다. 그러던 중 갑자기 책장을 넘기던 손가락이 멈췄다.

"이건!"

"음냐, 뭐야."

자신의 목소리에 놀라 캐넌이 침을 흘리며 깨는 것도 모른 채 이델은 하나의 전설이 적힌 페이지를 두 눈으로 뚫어져라 보았다.

이델이 본 페이지에는 다음과 내용이 서술되어 있었다.

어느 한 바다에 섬조차 집어 삼킬 수 있는 거대한 마수인 레비아탄이 있었다고 한다.

이 괴수는 기분 내키는 대로 지나가는 배를 파괴하고 그 배에 타고 있던 사람들을 바닷물과 함께 집어삼켰다. 이러한 까닭에 사람들은 바다로 나가길 두려워했다.

레비아탄의 횡포에 고통받던 어느 날이었다.

인간의 신 로이아스를 모시는 한 명의 신관이 불현듯 나타나 한 척의 작은 고깃배를 타고 레비아탄이 살고 있는 바다로 향했다.

어촌의 주민들은 그가 다시 돌아오지 못할 것이라고 생각했다. 그런데 6일째 되는 날, 그는 다시 고깃배를 타고 왔던 곳으로 돌아왔다.

돌아온 그는 어촌 사람들에게 이렇게 말했다고 한다.

"이제 앞으로 레비아탄이 바다에 나와 사람들을 습격하는 일은 없을 것이오."

한 마을 주민이 물었다.

"대체 어떻게 하신 것입니까."

그 물음에 성직자는 이리 답했다고 한다.

"놈을 죽일 수는 없었지만 한 섬에 봉인할 수 있었소. 성스러운 봉인으로 주박을 걸었으니 앞으로 바다에 레비아탄이 나올 일은 없을 것이오."

그 말대로 더 이상 바다에서 레비아탄의 모습을 본 사람은 없었다고 한다.

후세의 사람들은 그 이름 없는 성직자가 이 땅에 강림한 인간의 신 로이아스 님이 아닐까 생각하였고 지금까지 성직자가 방문한 날을 기려 신에게 올리는 의식을 치른다고 한다.

"이거다."

이델은 이 내용이야말로 자신이 찾던 것이라고 확신했다.

다급히 페이지를 앞으로 넘겨 전설의 기원이 된 지역을 찾았다.

"하넬타 대륙 동부에 위치한 펠콘 시에서 내려오는 전설인가."

"뭔데, 뭔데."

이델이 이상한 반응을 보이자 캐넌은 관심을 보이며 질문을 해왔다. 그러나 지금은 그 말에 바로 대답할 정신이 없었다.

드디어 얻은 단서에 이델의 마음은 절로 떨려왔다.

"이델, 여기에 역시 있었군요."

"앗! 이올라 언니."

캐넌의 목소리가 들리고서야 이델은 책장에서 눈을 뗄 수 있었다.

도서관의 입구에는 이올라가 서 있었다.

지금 시간이면 언제나처럼 평의회에 불려 나가 있어야 할 그녀가 온 사실에 이델은 의아함을 느꼈다.

해서 이델은 이올라를 보며 물었다.

"여기엔 어쩔 일이야?"

"군터 총대장님께서 찾으십니다."

"지금 말이야?"

"예."

이올라의 짧고 간결한 대답에 이델은 잠시 생각했다.

이렇게 급작스럽게 찾는 덴 그럴 이유가 분명히 있다. 마침 이쪽도 알려야 할 말이 있었으니 부름을 마다할 이유는 조금도 없다.

생각을 마친 이델은 자리에서 일어나며 말했다.

"마침 나도 군터 총대장님을 만나야 했는데 잘됐네. 지금 바로 가지."

"그럼 나도 따라갈래."

"…가시죠."

세 사람은 도서관을 떠나 이노센트 라이트의 본부가 가게 됐다.

군터의 집무실에서는 미리 군터가 기다리고 있었다.

"어서 오게."

"절 찾으셨다고 들었습니다."

"내가 자네를 부른 건 한 가지 전할 반가운 말이 있어서이네."

"혹 마왕 토벌에 관한 이야기입니까."

"…알고 있었나?"

"아뇨. 단지 짐작했을 뿐입니다."

이델은 카디엘과의 독대 사실을 감춘 채 말을 하였다.

카디엘과 자신의 관계가 떠들썩하게 알려지면 여러모로 귀찮은 일이 벌어질 수 있을 것 같다는 예감 때문이었다.

"맞네. 오늘 아침에 열린 평의회의 정례 회의에서 마왕 토벌에 대한 의결이 처리됐네."

"어떻게 하는 것으로 결론이 났습니까?"

"음, 성물 탐색 자체에 대한 허락은 떨어졌네. 하지만 그 대신 조건이 걸렸네."

"조건이라 하면?"

"지금 외부에서 펼치고 있는 공작들을 계속 속행해야 하니 이노센트 라이트에서 최소한의 인원을 꾸려 특별 팀을 만들라고 하더군."

그 말에 이델은 대놓고 드러내지는 않았지만 살짝 실망감을 드러냈다.

어느 정도 결과를 예상했던 일이지만 그래도 반 독립적으로 외부적 활동을 적극적으로 하는 이노센트 라이트만큼은 전적으로 이 일에 뛰어들게끔 해줄 것이라고 기대했었다.

하지만 그렇다고 해서 카디엘이 일부러 이런 결과를 가져왔다고는 생각지 않았다.

"그럼 군터 총대장님은 어떻게 하실 참입니까."

"마음 같아서는 최대한 지원을 해주고 싶네. 하지만 현재 진행 중인 작전들을 중단할 수 없다면 많은 인원을 이 일에 동원하기 어렵네. 내가 할 수 있는 최대한 방법은 오러 유저인 자네와 이올라 경을 다른 일에서 제외시키고 이 일에 투입시키는 것뿐이네."

"……뭐 좋습니다. 처음부터 큰 기대를 안 했으니 말이죠. 나중에 실적을 낸다면 상황이 달라지지 않겠습니까."

"그리 말해주니 고맙군. 대신 다른 방면에서의 지원은 아끼지 않겠네. 듣자 하니 성물에 대한 정보를 도서관에서 찾는다고 하던데, 이제 그 일은 내게 맡기게."

군터의 말에 이델은 뺨을 살짝 손가락으로 긁으면서 말했다.

"그것에 대해서 마침 할 말이 있습니다만."

"그게 뭔가."

"사실은 오늘……."

이델은 아까의 일을 쭉 설명했다.

이야기를 전부 들은 군터와 이올라 모두 성물에 대한 단서가 분명하다는 생각을 하게 되었다.

"한번 확인해 볼 만한 이야기군."

"평의회에서 허락이 떨어졌으니 바로 하넬타 대륙으로 출발하겠습니다."

"당장 말인가? 너무 이르지 않나. 좀 더 기다려 보게. 내 어떻게든 인원을 확충해서……."

"어차피 인원 지원을 받지 못한다면 차라리 소수 정예로 빠르게 움직이는 게 낫습니다."

이델은 그리 말하며 이올라 쪽을 보았다.

"어때, 이올라의 생각은?"

"…저도 그 편이 낫다고 봅니다."

이올라의 찬성까지 받아낸 이델은 군터의 허락을 기다렸다.

군터는 이델의 말에 잠시 고민을 하였다. 얼마나 생각을 했을까.

군터는 말했다.

"인원은 어느 정도로 생각하고 있나."

"저와 이올라 경, 그리고 로스틴 님을 일단 생각하고 있습니다."

"그자를 말인가."

"예. 계속 숲 속에 몸을 숨기게 할 수도 없는 데다가 그분의 마법 실력이면 충분히 저희에게 도움이 될 것입니다."

"…그렇겠군."

이델의 말에 군터는 납득을 하였다. 그러나 이것으로는 부족한 감이 있다고 생각했는지 이와 같은 제안을 하였다.

"괜찮다면 하프만을 데리고 가게."

"하프만 님을 말입니까?"

"그는 누구보다도 뛰어난 전사이네. 필시 큰 도움이 되어줄 것이네."

이델은 잠깐 고심했다.

확실히 군터의 말대로 하프만의 힘은 큰 도움이 될 것이었다. 하지만 걸리는 부분이 하나 있었다.

"그리되면 대장급 멤버가 둘이 됩니다만……."

"훗, 그 점은 걱정 말게. 난 이번 여정을 이끌 리더는 자네가 아니면 다른 누구도 할 수 없다고 생각하네."

"에엣? 아니 그게 무슨 말씀입니까. 저를 리더로 삼겠다니요."

"자네는 용사이지 않은가."

그 말에 순간 이델은 꿀 먹은 벙어리가 되었다. 그런 그를 보며 군터는 말을 계속 이어 했다.

"난 자네를 믿고 이 일을 진행시키고자 하네. 그런 내 뜻을 이해한다면 자네가 리더가 되어 성물 탐색을 해주게."

"하, 하지만 그리되면 이올라 경의 입장이 난처할 텐데요."

이델은 진짜로 난처함을 드러내며 이올라 쪽을 보았다. 혹여 지금 대화 때문에 심기가 매우 불편하지 않을까, 내심 그녀의 눈치를 살피게 된다.

잠자코 있던 이올라가 입을 열었다.

"전 상관없습니다. 전 여행을 하던 중에 이델에게서 리더로서의 자격을 보았습니다. 그러니 충분히 잘 해내리라고 믿습니다."

"이걸로 됐군. 하프만도 자네를 따라줄 것이니 문제는 전혀 없을 걸세."

"군터 경."

눈 깜짝할 사이에 자신이 리더가 되어버리자 이델은 당혹감을 감추지 못했다.

지금이라도 변경을 하고 싶었지만 이미 확정 분위기였다.

"그럼 부디 성공하고 돌아오길 빌겠네."

"으… 예."

결국 이델은 성물 탐색의 리더라는 막중한 임무를 부여받게 되었다.

*　　*　　*

"오랜만이군."

"이렇게 다시 만나게 되어 저도 반갑습니다, 테일러 함장님."

"상황은 들어 알고 있으니 어서 타게."

"예."

이델은 테일러와 대화를 나눈 뒤 로이아스의 눈물 호에 올라탔다. 그리고 뒤를 이어 거대한 해머를 든 하프만과 이올라가 올랐다.

이델과 함께 성물을 탐색하는 자는 이게 전부가 아니었다.

새롭게 얻은 녹색의 로브로 전신을 가린 로스틴도 배에 오르고, 쿠우카 역시 약간은 어리둥절해하며 배에 탑승했다. 거기에 캐넌과 이올라 부대의 대원인 하프 오크 타우타도 함께하여 이델 파티의 파티원 수는 총 일곱이 되었다.

애당초 강력한 전력이 될 수 있는 세 사람만 데려가려 했지만 캐넌이 완강히 함께 가겠다고 뜻을 고집해 그녀를 데려오게 되었다. 그 과정에서 짐꾼으로라도 함께 가겠다는 타우타까지 끼어 숫자가 늘었다.

다만 쿠우카의 경우는 이 둘과 좀 달랐다.

쿠우카는 배에 올라타서도 내키지 않는 기색을 역력히 내비치며 말했다.

"꼭 저도 가야 합니까."

"어차피 넌 거기서 할 일도 없잖아. 이전처럼 도움만 주면 되니 걱정 말고 따라오라고."

"끄응."

이델의 말에 쿠우카는 뭐 씹은 표정을 지어냈다.

아무래도 자신의 종족과 척을 지고 계속 이쪽 편을 드는 게 마음에 들지 않는 모양이었다.

그러나 그런다고 뭐 어쩌겠는가. 돌아가 봐야 마족의 특성상 사실대로 모든 것을 털어놔도 목숨 부지는 힘들 것이 확실했다.

얼굴까지 팔린 마당에 조용히 산다는 것도 불가능하기에 쿠우카는 좋든 싫든 이델의 곁에서 수발을 들 수밖에 없는 신세였다.

"출항한다."

테일러의 목소리가 들리고 선원들이 바지런하게 움직였다. 그러자 동굴 안에 정박해 있던 로이아스의 눈물이 서서히 밖을 향해 물살을 가르며 나아갔다.

본격적으로 항해가 시작되고 할 일이 없는 일행들은 각자 배정받은 방에서 시간을 보내게 되었다.

몸을 쓰는 전사들이야 딱히 할 일이 없어 무료한 시간을 보내야 했지만 이델과 로스틴은 달랐다.

이델은 로스틴에게 우선 상담을 신청했다.

그가 상담을 신청한 것은 마력 축적에 대한 고민이었다.

— 지금 자네가 선택한 방식은 나쁘지 않네. 하지만 목표치를 달성하려면 너무 많은 시간이 소모될 것 같군.

"후우, 역시 그렇습니까?"

소인족 마법사들의 방식으로 이제까지 꽤나 많은 마력을 모았다. 그러나 그렇게 노력했음에도 몸 전체에 마력을 축적하는 것은 무척 힘들기만 했다.

현재 이델의 몸에 축적된 마력은 한계치의 이 할에 불과했다.

"현재만 놓고 본다면 예전에 제가 모았던 마력의 팔 할까지는 됩니다. 이 정도면 제가 습득한 마법 주문을 모두 펼칠 수 있는 수준은 되죠. 하지만 이것만 가지고는 마왕과는 싸우기 어렵다고 전 생각합니다."

— 음, 자네가 들려준 마왕의 힘이 사실이라면 충분히 일리 있는 말이군.

"뭔가 방법이 없겠습니까, 로스틴 님."

이델의 말에 로스틴은 곰곰이 생각하였다.

마력을 모으는 방법이라 해봐야 다른 건 없었다. 명상을 통해 꾸준히 자연상의 마나를 흡수하여 마력으로 삼는 것뿐이었다.

그나마 마법초를 이용한다면 그 효과가 좀 더 나아지겠지만 이델은 이미 쓰고 있는 상황이었다.

한참을 생각한 끝에 로스틴은 한 가지 방법을 제안하였다.

— 외도이긴 하지만 한 가지가 있네.

"무슨 방법이라도 있습니까."

— 나와 같은 리치들은 일종의 흑마법으로 죽은 자에게서 나오는 사기를 가지고도 마력을 만들어낼 수 있네. 그렇게 모인 내 마력을 자네에게 전이해 주겠네.

"흑마법으로 만들어낸 마력을 제게 넘긴다는 것이 가능합니까?"

이델은 로스틴의 말에 반색하면서 내심 찜찜함을 가졌다.

아무래도 흑마법으로 마력을 모으는 것과 그것을 다시 자신에게 준다는 것이 거부감을 가지게 한 것이다. 그런 이델의 속내를 눈치챈 로스틴은 차분히 의사를 전달했다.

— 흑마법으로 쌓은 마력이라고 해도 보통의 마력과 큰 차이는 없네. 다만 내가 중간에서 어느 정도 가공을 거쳐야 하기 때문에 상당한 규모의 사기가 모이지 않는다면 한 번에 충분히 마력을 모으긴 힘들 것이야.

"지금까지처럼 마력 축적을 계속하면서 로스틴 님의 도움을 받는다면 그건 큰 문제가 아닐 겁니다. 그보다도 이 방법을 택하려면 갓 죽은 자들이 필요하다는 점이 문제라고 보입니다."

— 음, 그 문제가 있군.

분위기가 가라앉자 이델은 웃으며 말했다.

"뭐 괜찮습니다. 어쨌든 그런 방법으로 마력을 증강시킬 수 있다는 사실을 안 것만으로도 큰 수확이라고 생각합니다."

솔직한 진심이었다. 로스틴에게 조언을 구하기 잘했다고 생각하며 이델은 다시 말을 꺼냈다.

"그럼 도착할 때까지라도 마법을 가르쳐 주시겠습니까."

— 내 지식이 허락하는 한 가르쳐 주겠네.

로스틴의 답변에 이델은 기쁨을 감추지 못했다.

시간대로 놓고 보면 로스틴이 이델보다 수백 년 후의 인물이었다. 이델이 살던 시대와 로스틴이 살던 시대가 서로 거리를 두고 있는 만큼 다른 점도 많을 수밖에 없었다.

특히 마법은 계속해 발전하였고 체계도 많은 변화를 겪어 이델이 쓰는 마법보다는 로스틴이 펼치는 마법이 효율 면에서 훨씬 우수하고 위력도 더 뛰어났다.

사실상 기록이 남지 않은 아주 먼 고대 시절을 제외하면 인류 마법 역사의 황금기가 바로 로스틴이 살던 시대였다. 그리고 그때 마법사의 정점이 할 수 있는 대마법사의 반열에 올랐던 로스틴이기에 그에게 배움을 청한 것은 좋은 판단이라 할 수 있었다.

— 우선은 자네의 불균형적인 마법 습득부터 고쳐 나가는

게 좋을 것 같군.

"그런가요?"

— 무릇 기반이 탄탄해야 하네. 지금 자네의 마법 수준이라면 일반 적을 능히 상대할 수준은 되지. 허나 고위 마법사 이상의 존재와 대결하게 되면 힘겨운 싸움이 될 게 분명하네. 내 말이 틀렸나.

"아뇨, 틀리지 않습니다."

이델은 순순히 로스틴의 말에 수긍했다.

이 시대에서는 그렇게 고위 마법사 이상 되는 마법사와 제대로 겨뤄본 적이 없어 모르지만 과거에는 마법사와 싸울 때 마법이 거의 통하지 않아 애를 먹곤 했다.

그럴 때면 항상 동료들이 지원하거나 오러와 신성력을 더한 전투 방식으로 승부를 내곤 하였다.

'이제는 마법만으로도 대마법사 정도와 상대할 수준은 되어야지, 암.'

그 정도가 안 되면 마왕에게 씨알도 먹히지 않을 게 분명했다.

이델은 공손히 고개를 숙으며 말을 했다.

"기초부터 자세히 가르쳐 주신다면 시키는 것에 열심히 따르겠습니다."

— 알겠네. 다행히 자네의 마법 습득 수준이 얕지 않으니 이번 항해가 끝날 때쯤이면 어느 정도 성과를 낼 수 있을 것이네.

"예."

이델은 로스틴을 믿고 그에게서 마법 수업을 배우게 되었다.

길고 긴 항해가 지루할 틈이 없을 정도로 이델은 수업에 매진했다. 그러는 사이, 로이아스의 눈물은 전체 항해의 절반을 마치게 되었다.

그런데 이 순조로운 항해에 갑자기 문제가 생기게 된다.

*　　　*　　　*

최초 보고는 배의 마스트 위에서 감시하던 선원으로부터 이뤄졌다.

"전방에서 좌측으로 20도 거리 4500에 흑색 돛을 단 배가 네 척 접근 중입니다."

"흑색 돛이라고?"

테일러는 선미로 향한 뒤 급히 망원경을 꺼내 전방을 확인했다.

확실히 보고자의 말대로 커다란 갤리온 네 척이 이쪽으로 천천히 접근하고 있었다.

"해적인가."

흑색 돛을 보고 테일러는 맨 처음 마족 해적들을 떠올렸다.

주로 같은 마족의 상단을 노리는 그들은 마족 사회에서 범죄자로 취급받는 자인데 이노센트 라이트의 입장에서 봤을 땐 똑같은 적일 뿐이었다.

하지만 맨 앞의 배에 걸린 깃발에서 해적기가 보이지 않았다.

"설마 그들인가."

해적이 아니라면 떠올릴 수 있는 건 한 가지뿐이었다.

크라켄 해병 전단.

독특하게 바다를 주 무대로 활동하며 신속하게 각지의 분쟁 지역으로 이동해 그곳의 문제를 해결하는 마왕 지속의 특수 부대 이름이었다.

보통 황색 돛을 쓰는 일반 상선이나 회색 돛을 쓰는 정규 수군과 다르게 그들은 해적들과 같은 흑색 돛을 쓰는 전선을 타고 다닌다고 테일러는 들은 적이 있었다.

이제까지 한 번도 부딪친 적이 없는 크라켄 해병 전단의 배들이 하필 이 시점에 출현하게 될 줄 몰랐던 테일러는 아랫입술을 피나도록 꽉 깨물었다.

"선장님, 어쩌죠."

"정면으로 상대하는 건 무리다. 어떻게든 놈들을 따돌린다."

"예, 선장님!"

긴급 상황이 되자 선원들의 행동이 매우 민첩해졌다.

바깥의 소동 때문일까. 안에 있던 이델이 밖으로 나왔다.

"무슨 일이지?"

"마족 함대와 마주쳤소. 지금은 바쁘니 방해되지 않게 안에 들어가 있으쇼."

선원은 그렇게만 말하고 훌쩍 떠나버렸다.

뭔가 일이 터졌음을 안 이델은 바로 아래로 내려갔다. 그러다 캐넌과 타우타를 동행한 이올라와 좁은 통로에서 마주하게 되었다.

"무슨 일이죠?"

"나도 잘 모르겠어. 아무래도 마왕군과 만난 것 같아. 그래서 검을 찾아 내려온 거야."

"그렇군요."

이델은 대답하는 이올라를 보았다. 그녀는 벌써 갑옷과 검을 착용하고 있었다. 아마도 위의 소동이 보통 일이 아님을 알고 준비해 나온 모양이었다.

"곧 뒤따라 나갈게."

"알겠습니다."

이델이 길을 비켜주자 이올라는 훌쩍 계단을 올랐다.

"그럼 먼저 갈게."

가볍게 손을 흔들며 캐넌도 뒤를 따랐고 타우타도 묵묵히 움직였다.

그들이 나가기까지 기다렸던 이델은 곧장 자신의 방으로 들어가 성검을 챙겼다.

"넌 여기에서 꼼짝 말고 있어."

"예?"

이델의 영문 모를 말에 쿠우카는 망연한 표정을 지었다. 그도 머리가 있는지라 뭔 일이 생기고 있음을 알고 있었다. 하지만 그게 뭔지는 묻지 못했다. 알아봤자 이 상황에서 벗어날 길이 없다는 것을 알았기 때문이다.

이불을 뒤집어쓰고 벌벌 떠는 쿠우카를 내버려 두고 이델은 로스틴의 방으로 들어갔다.

"로스틴 님."

— 일이 생긴 모양이군.

"도움이 필요합니다."

지금 상황에선 강력한 마법사의 힘이 절실히 필요했다.

현재 이 배에서 가장 강한 마법사는 로스틴이었다. 그가 힘을 빌려준다면 위기를 무사히 넘길 수도 있을 터였다.

— 앉아서 구경만 할 마음은 없었네. 증오스런 마족과 싸우는 일이라면 더더욱.

한 번 육체를 잃었다가 소생한 로스틴은 여전히 마족에 대한 강한 증오심을 드러내고 있었다.

일단 로스틴과 함께 밖으로 나온 이델은 바깥의 상황을 살폈다.

촤아아아.

로이아스의 눈물은 현재 최고 속도로 바다를 가로지르고 있었다.

본래 쾌속선으로 건조된 배인지라 그 속도는 가히 엄청났다. 하지만 갤리온들도 속도를 내 바짝 쫓아오고 있었다.

"우측으로 15도 전개."

"예, 캡틴!"

테일러는 시시각각 다가오는 갤리온들을 뿌리치고자 배의 방향을 틀었다.

이때, 저쪽에서 커다란 화염 덩어리들이 날아들었다.

콰앙! 쾅!

"큭!"

"우와앗!"

갤리온에 탑승한 마법사들이 날린 공격 마법이었다.

보통 마법이라면 닿지 않을 정도로 상당한 거리였음에도 배 근처까지 날아올 수 있었던 것은 마법 술식을 장거리 공격에 유리하게끔 고쳤기에 가능한 것이었다.

전선에 탑승해 전투를 벌이는 전투 마법사들은 이렇게 장거리 전에 유리한 마법들을 주로 습득해 펼치는 게 보통이었다.

물론 이쪽에도 그런 마법사들이 있었다.

"반격이다."

"좋아."

로브를 입은 다섯 명의 마법사가 오른쪽 뱃전에 서서 마법 주문을 외웠다.

"롱 레인지 파이어 볼(Long Range Fire Ball)."

마법사들도 같은 방식으로 대응하였는데 다섯 발의 거대 파이어 볼 중 세 발은 바다에 떨어졌지만 두 발은 보기 좋게 적선에 명중했다.

그러나 안타깝게도 상대 측 마법사가 방어 마법을 전개해 타격은 거의 없었다.

"앗! 한 척이 우리 앞쪽으로 들어옵니다."

"여기서 선회하면 다른 배에게 따라잡힌다. 그대로 직진해 돌파한다."

"알겠습니다."

테일러는 위험할 수 있는 결단을 내리고는 뒤를 보았다. 갑판엔 이미 이델 일행이 모여 있었다.

테일러는 아래를 보며 말했다.

"그대의 도움이 필요할 때인 것 같네. 곧 있으면 적선과 마주치게 되는데 그때 공격을 집중시켜 배에 타격을 주었으면 하네."

"알겠습니다."

이델은 모두를 대표해 말을 하였다.

바다라는 점 때문에 실질적으로 공격을 가할 수 있는 건 오러 유저인 이올라와 마법사 로스틴, 그리고 이델뿐이었다.

다른 사람들은 선원들과 같이 석궁과 활을 잡았다.

"적선 거리 약 250."

"마법 공격이 옵니다."

"좌측으로 10도 꺾어!"

다급한 테일러의 말과 함께 타륜이 움직였다. 또한 동시에 마법사들이 방어 마법을 펼쳐 배로 떨어지는 포화를 막아냈다.

좌악!

배 바로 옆에서 물기둥이 솟구쳐 올라왔다. 그로 인해 쏟아지는 물에 쫄딱 젖었지만 이델은 개의치 않고 점점 다가오는 적선에 시선을 고정시켰다.

*　　　*　　　*

포위망에 갇히지 않기 위해 과감히 한 척의 적선과 정면으로 마주한 로이아스의 눈물은 흉악한 괴물의 선수상이 가까워질 쯤에서 우측으로 방향을 틀어 충돌을 피했다.

배가 나란히 스쳐 지나가는 시점에서 양측은 각자에게 공격을 퍼부었다.

"공파참."

"스톰 커터."

"번 플레임."

이델을 필두로 3인의 공격이 배 측면을 향해 날아들었다.

마법사들이 전개한 방어막이 공격을 견뎌보지만 그것도 잠시뿐이었다.

콰앙!

대폭발과 함께 갤리온이 들썩이는 것을 볼 수 있었다.

"발사!"

테일러의 호령과 동시에 쿼렐과 불화살들이 배로 쏟아졌다. 삽시간에 갑판 위에 불이 붙고 갤리온은 아비규환이 되었다.

"쿠아아악!"

등에 불이 붙은 채로 떨어지는 마족들을 심심찮게 볼 수 있었다.

테일러는 상대를 무력화시키기 무섭게 배를 앞질러 가게끔 조타했다.

이때, 무언가가 배의 중앙 마스트를 노리고 날아왔다.

"이런, 그렇게는 안 되지."

이델은 몸을 날려 공중으로 떠올랐고 곧장 참격을 휘둘러 날아온 무엇을 막아내었다.

불타는 배 위에서 한 명의 거대한 오우거가 모습을 드러냈다. 호화로운 선장 의상을 걸친 그는 이를 드러내며 마족어로 말하였다.

"감히 내 배를 불태우다니."

불길 속에서도 멀쩡한 모습으로 선 오우거의 몸 주위로 진청색의 오러가 흐르고 있었다.

그걸 본 이델은 상대가 오러 유저임을 알았다.

"훼일 오브 파운틴!"

오우거 오러 유저의 곤봉에서 커다란 오러 기둥이 곡선을 그리며 날아왔다.

"이건 위험해."

이 배 한 척쯤은 흔적도 남기지 않고 산산조각 낼 거력이 실린 공격이었다.

— 내게 맡기게.

로스틴의 의념이 들리고 배 주변으로 강력한 마력의 파동이 느껴졌다.

콰아앙!

무지개 빛깔의 장막과 오러가 충돌하면서 커다란 굉음을 냈다. 충격에 바다가 사납게 출렁이고 로이아스의 눈물도 파도로 인해 상하좌우로 크게 흔들렸다.

"얍."

이 와중에도 캐넌은 민첩한 묘인족답게 기울어진 뱃전에서 균형을 잡고 버텼다. 하지만 그러지 못한 이들은 손에 잡히는 것을 잡고 바다에 빠지지 않기 위해서 용을 써야만 했다.

손에 잡히는 게 없어 급한 대로 성검을 배 갑판에 꽂고 몸을 지탱하던 이델의 눈에 미끄러져 아래로 떨어지는 이올라의 모습이 보였다. 이델은 반사적으로 소리를 쳤다.

"내 손을 잡아!"

힘껏 손 뻗으며 이델이 외치자 이올라는 그의 눈을 보았다.

살짝 떨리는 눈빛을 보였던 이올라는 곧 자신의 손을 이델에게 힘껏 내밀었다.

아슬아슬하게 닿지 않는 손가락을 보며 이델은 더욱 몸을 내밀었다. 그런 노력을 해서일까. 아슬하긴 했지만 끝끝내 이올라의 손을 잡을 수 있었다.

그렇게 손을 잡고 끌어당기는데 다시금 배가 좌우로 심하게 요동쳤다.

그 바람에 이올라는 자연스럽게 이델의 품에 안기게 되었다.

"아……."

"미, 미안."

순간 두 사람은 멋쩍은 표정을 지으며 서로를 보았다. 아무리 위급했어도 이렇게 껴안은 것은 실례였다고 이델은 생각하였다.

다시 한 번 사과의 말을 하려는데 별안간 뱃전 옆으로 물기둥이 솟구쳤다.

그새 다른 세 척의 갤리온이 따라붙은 것이다.

"징글징글한 녀석들."

테일러는 뒤에서 자신의 배를 쫓는 적선들을 보며 혀를 찼다. 그러나 큰 걱정은 하지 않았다.

앞에 장애물이 없다는 이 바다에서 로이아스의 눈물을 따라잡을 수 있는 배가 없다고 자부했기 때문에 그런 자신감을 가질 수 있었던 것이다.

"전속 전진!"

"아이 아이 써(Aye aye sir)!"

선원들은 곧바로 일치단결해 배의 운행을 도왔다. 엘프 정령사가 소환한 바람의 정령이 바람을 일으켜 돛을 부풀리자 곧 로이아스의 눈물은 엄청난 속도로 바다 위를 질주하기 시작했다.

점점 격차가 벌어지고 로이아스의 눈물은 결국엔 적들을 무사히 따돌릴 수가 있었다.

한편, 눈앞에서 쫓던 상대를 놓친 마왕군은 결국 추격을 포기하였다.

"어서 킨자루 님을 구해야 한다."

"서둘러!"

리자드맨으로 구성된 수병들이 긴급히 거의 침몰한 함선의 근처에서 물에 빠진 오우거 오러 유저 킨자루를 구해냈다.

바다에 빠졌다가 나온 킨자루는 흠뻑 젖은 모습으로 흉흉한 살기를 내뿜었다.

"그놈들은 지금 어디에 있어."

"놓, 놓쳤습니다."

"뭐라고."

킨자루는 말을 한 리자드맨의 목을 난폭하게 쥐었다.

졸지에 숨통이 막히게 된 리자드맨은 금방이라도 숨이 넘어갈 듯이 컥컥거렸다.

이때였다. 킨자루의 의도와는 무관하게 그의 손에서 힘이 쭉 빠졌다.

털썩.

바닥에 떨어진 리자드맨은 곧바로 허둥지둥 다른 수병들 사이로 도망쳐 들어갔다.

킨자루는 자신의 몸에 스며든 마력을 오러로 소멸시키고는 위쪽 갑판을 노려봤다.

"무슨 짓이냐, 놀칸."

"머리 좀 식혀라, 킨자루."

킨자루를 훼방한 건 같은 크라켄 해병 전단 소속의 마법사인 놀칸이었다.

깃털 달린 모자를 쓴, 보통 리자드맨보다 체격이 작은 놀칸은 비웃는 듯 표정을 만들었다.

"놈들 배를 막으라고 앞으로 내보냈더니 도리어 전선만 잃다니. 돌아가서 뭐라 말할 참이지."

"시끄러."

"그보다 해적 소탕을 하러 왔다 의외의 상대를 맞부딪쳤군."

"그놈들, 이노센트 라이트인가 뭔가 하는 놈들이지?"

"그런 것 같군."

놀칸이 담담하게 말하자 킨자루는 분한 듯 발을 굴렀다. 단지 그랬을 뿐인데 갑판에 구멍이 생겨났다.

곧 킨자루는 성내며 말했다.

"그렇다면 뭐하고 있어. 당장 놈들을 뒤쫓지 않고."

"성급하게 굴지 마라. 놈들을 지금에 와서 추적해 봐야 이미 따라잡기는 틀렸다."

"그럼 놈들을 그대로 놔주자는 말이냐."

"그럴 수는 없지."

놀칸은 눈빛을 번뜩이며 말했다.

짜증나는 상대이긴 하지만 그래도 같은 부대 소속으로 몇 년을 함께 지내온 사이이기에 킨자루는 놀칸이 뭔가 술수를 썼음을 눈치챘다.

말로 킨자루를 진정시킨 놀칸은 바로 수병들에게 명령을 내렸다.

"우선 귀항한다."

"옛!"

놀칸의 지시로 세 척의 군선은 다른 방향으로 뱃머리를 돌렸다.

이대로 그냥 넘어가지 않을 게 분명한 이들의 행보는 벌써부터 이델 일행의 여정에 짙은 암운을 가져다주고 있었다.

4장

전설의 섬

위험한 순간을 넘기고 다시금 동쪽으로 항해한 로이아스의 눈물은 한 해안가에 정박을 하고 이델 일행을 내려주게 되었다.

"정말로 우리가 그곳까지 데려다주지 않아도 괜찮겠나."

"예, 괜찮습니다."

"그렇다면야 더는 말리지 않겠네만… 혹 문제가 생기면 바로 연락을 보내게."

"그러죠."

"그럼 무사히 잘 다녀오게나."

"예. 테일러 함장님도 돌아가실 때 조심하십시오."

"하하! 걱정 말게나."

이델과 테일러는 굳게 악수를 나누며 서로의 건투를 빌었다.

보다 빠른 여행을 위해 특별히 공수한 여섯 필의 말을 하역한 로이아스의 눈물은 곧장 다시 바다로 나갔다.

그것을 배웅한 일행은 바로 떠날 채비를 했다.

"웃차."

유일하게 말을 타지 못하는 캐넌은 냉큼 이델의 등 뒤에 올라탔다. 다른 인원들도 말에 탑승하였다.

이 일대의 지형은 과거 시절 지도에만 의존해 가야 하는 단점이 있었기 때문에 이동은 신중히 할 수밖에 없었다.

하넬타 대륙 동부는 과거 나름 번창했던 지역이었다. 여러 인간들의 강국이 있었고 대륙 중앙에 위치한 드워프 왕국들과도 긴밀히 협조하며 평화롭게 살아갔었다.

그러나 새로이 등장한 마왕 제노스가 펼친 공세에 이곳은 엄청난 피해를 입어야만 했다. 그도 그럴 것이, 이 지역이 바로 끝까지 마왕에게 저항한 저항군의 마지막 본거지였기 때문이다.

실제로 그 전쟁의 여파는 아직까지 남아 있었다.

달그락. 달그락.

폐허로 변한 마을에서 이델 일행은 언데드 몬스터인 스켈레톤과 만나게 되었다.

"파이어 블레이드."

이델은 성검에 마법을 부여하고 자신에게 다가오는 스켈레톤들을 연달아 베어 갈랐다. 불이 붙은 해골들은 맥없이 바닥에 쓰러져 갔다.

그 옆에서 이올라와 하프만도 몰려드는 스켈레톤을 물리쳤다.

"히익!"

생전 처음 보는 언데드 몬스터에 말과 짐을 맡은 쿠우카는 머리를 땅에 처박고 벌벌 떨었다. 그런 그를 지키기 위해 캐넌과 타우타가 종횡무진하며 접근하는 스켈레톤들을 쓰러뜨려야만 했다.

그렇지만 상황은 점점 더 안 좋아졌다. 어떻게 된 일인지 나타나는 스켈레톤의 수가 늘어난 것이었다.

"끝이 없군."

"그러게 말입니다."

이델은 하프만의 말을 받아치며 주변에 몰려든 스켈레톤을 보았다. 과거 이 근처가 전쟁터였던 모양인지 갑옷과 녹슨 검을 든 스켈레톤이 대다수였다.

이들은 과거 전쟁의 상흔으로 남겨진 사기(死氣)와 원망으로 승천하지 못하고 이 땅에 남은 망자들에 의해 움직이게 된 존재였다.

마을에 들어서자마자 공격받았기에 일단 방어를 하고 쓰러뜨리긴 했지만 싸울 마음이 쉽게 들지 않았다.

이런 상황에서 로스틴이 나섰다.

─ 이들은 내게 맡기지 않겠나. 나라면 이들의 공격을 막을

수 있네.

"부탁드리겠습니다."

이델은 로스틴이 과거 자신의 나라를 지키다 죽은 기사, 병사들을 언데드 몬스터로 만들어 함께 싸웠던 일을 머릿속에서 떠올려 냈다. 해서 한번 로스틴을 믿어보기로 했다.

이델의 허가를 받은 로스틴은 바로 사령술에 해당되는 마법을 펼쳤다. 그가 쓴 마법은 혼탁한 영혼의 정신을 맑게 하는 마법이었다.

— 으으, 여기는…….

— 나는 도대체 뭐하고 있었던 거지?

마법 효과는 굉장했다. 주변을 포위하고 있던 스켈레톤들의 행동이 일제히 멈추더니 사념을 내보냈다.

자신의 유해에 깃든 영혼을 향해 로스틴은 말했다.

— 지금은 보다시피 저주받은 불사의 마법사 리치가 되어버린 몸이지만 한때 알베이다 왕국의 왕실 마법사였던 로스틴이라 하오.

— 알베이다 왕국?

— 서방의 대륙에 있는 그 나라를 말하는 것인가.

로스틴과 같은 시대를 살았던 이들이라 그런지 알베이다 왕국을 아는 자가 많았다.

망자들은 로스틴이 아닌 이델 일행에 관심을 보였다.

— 그대들은 살아 있는 자로군.

— 시간은 얼마나 흘렀는가. 파라스 왕국은 건재한가.

음산한 바람과 함께 들리는 망자들의 목소리에 이델은 대답했다.

"당신들이 죽은 지 300년의 세월이 흘렀습니다. 그리고 안타깝게도 이 세상은 마왕과 마족이라 불리게 된 어둠의 종족 세상이 되었습니다."

― 으으, 마왕.

― 저주받을 존재.

마왕이라는 이름을 꺼내자 망자들의 살의가 커졌다.

자칫 다시 이성을 잃게 될까 로스틴은 아까의 주문을 다시 한 번 펼쳐 그들을 진정시켰다. 그리고 다음과 같은 제안을 꺼냈다.

― 그대들이 원하는 게 마왕과 마족들을 쓰러뜨리는 것이라면 내 밑으로 종속되지 않겠는가.

― 그대에게 말인가.

― 어째서 그래야 하지?

망자들의 물음에 로스틴은 다음과 같이 대답했다.

― 자네들을 죽이고 그 후손의 미래를 빼앗은 마왕에게 복수하고 싶지 않은가.

ᄂ 복수!

― 당연히 하고 싶다! 마왕의 심장을 잘근잘근 씹고 싶다.

― 우어어어.

망자들의 사념이 영향을 미쳤는지 엄청난 광풍이 불어 닥쳤다. 거기에 뼈만 남은 육신들도 격렬히 반응하며 움직였다.

잠깐이긴 하지만 이델조차도 검 손잡이에 손을 올릴 정도로 긴장되는 순간이었다.

　— 내가 그대들을 전장으로 인도하겠다. 날 따르겠는가.

　— 따르겠소!

　망자들은 한목소리로 대답하였다.

　이에 로스틴은 기다릴 것도 없이 언데드를 자신에게 종속하는 주문을 시전했다.

　본래라면 자신의 영혼을 저당 잡히는 흑마법에 저항했겠지만 지금은 달랐다. 모든 영혼들은 복수의 불길을 불태우며 마법을 순순히 받아들였다. 그렇게 로스틴의 휘하에 들어온 스켈레톤의 수는 무려 300이나 되었다.

　이것은 이델 일행에게 나쁘지 않은 일이었다.

　전에 로스틴의 군단을 보지 못한 하프만이나 다른 멤버들이 좀 두려워한다는 점을 뺀다면 말이다.

　"헐, 이렇게 일이 풀릴 줄이야."

　"그런데 이들을 어떻게 함께 데리고 다니죠."

　이올라가 현실적인 문제를 제기하였다. 확실히 그녀 말대로 저 많은 언데드를 데리고 다닐 수는 없는 일이었다.

　그러나 로스틴에겐 방법이 있었다.

　— 그 문제라면 걱정 말게.

　"무슨 수라도 있는 것입니까?"

　— 언데드를 조종할 수 있는 사령 마법 중에는 언데드 자체를 축소해 아공간에 저장하는 마법이 있네. 항시 마법을 유지

해야 하기 때문에 마력의 일부분을 제약당한다는 단점이 있지만 어디든 데리고 다닐 수 있지.

"오호라."

그런 방법이 있다면 문제는 쉽게 해결되는 것이었다.

곧 로스틴은 제시한 방법대로 마력으로 만들어낸 아공간 안으로 스켈레톤들을 거둬들였다.

"앞으로도 이런 일이 있으면 잘 부탁드리겠습니다."

— 후, 알겠네.

정말 말이 씨가 된다고 이후로도 이델 일행은 몇 곳의 장소에서 비슷한 일들을 경험하게 되었다.

물론 그때마다 로스틴의 회유에 그들 모두가 한편이 되었다. 그렇게 알게 모르게 이델 일행의 전력은 더더욱 견고해질 수 있었다.

*   *   *

하넬타 대륙의 동쪽을 차지한 가고일 로드 헤스티와 그 수하들의 눈을 피해 이델 일행은 일부러 길을 빙빙 돌아 목적지인 옛 펠콘 시의 땅에 도착하게 되었다.

"우엑!"

펠콘 시를 본 캐넌은 바로 뒤로 돌아 토악질을 하였다.

같은 여성인 이올라도 창백한 표정을 지으며 입을 굳게 다물었다.

"끔찍하군."

"도대체… 이곳에서 무슨 짓을 벌인 것이냐."

엄청난 저주와 독기를 품은 도시는 수백 년이 흘렀음에도 마지막 항전 당시의 모습을 가지고 있었다. 그런데 그것이 결코 좋은 모습이 아니었다.

마치 본보기처럼 성 곳곳에 쇠로 된 꼬챙이를 만들어 거기에 숱한 사람들을 꽂아 놓은 게 보이고 도시 밖 해자엔 남녀노소를 가리지 않고 처참한 모습으로 죽은 시체가 가득 채워져 있었다.

차마 볼 수 없는 광경에 이델은 시선을 돌리고야 말았다.

이때, 나직이 들리는 목소리가 있었다.

"그 전설이 사실이었나."

"그게 무슨 말씀이십니까, 하프만 님."

뭔가 아는 눈치인 하프만에게 이델은 물음을 던졌다.

잠시 망설였던 하프만은 이 땅에서 일어났던 일에 대해 이야기했다.

"과거 세계수가 있는 수림 팔로스로 도망쳤던 자들 말고 하넬타 대륙 동부로 옮겨온 세력들이 마지막 항전을 펼쳤던 곳이 이곳이라고 하네."

"저도 들은 적 있어요. 당시 용사였던 마기우스가 이끌던 저항군이 이곳 하넬타 대륙 동부에서 삼 년을 저항했다고 말이죠. 하지만 용사가 쓰러지고 끝내 저항하던 자들 모두가 죽거나 노예가 되었다고 들었어요."

이올라 역시 이곳의 이야기를 들은 적이 있는 모양이었다.

과거 이곳에는 마왕군의 공격과 싸우던 수십만의 저항 세력이 있었다. 이들은 대들보였던 용사를 잃었음에도 불구하고 죽기를 각오했고 마왕군에게 상당한 피해를 입힐 수 있었다.

당시 용사와의 전투로 전선에 나오지 않은 마왕을 대신해 이곳을 공략한 장군은 바로 일전에 이델과 엮인 적이 있던 키마이라 마법 전투단의 단장 라스타였다.

그는 7주라는 시간을 버틴 저항 세력을 완전히 끝장내고 도시 전체를 파괴하였다. 그리고 난 후 본보기라는 명목으로 이 도시를 시간조차 흐르지 않는 죽음과 침묵의 도시로 만들어 버렸던 것이다.

전말을 안 이델은 마음속으로 치를 떨었다.

'그때 역시 죽였어야 했나.'

이런 악랄한 짓을 한 것을 알았다면 그때 아무리 딴 흑심을 품고 있다는 사실을 알았어도 결코 그냥 놔두지 않았을 것이었다.

이곳에서 일어났던 일을 알게 된 이델은 끔찍한 모습으로 남겨진 도시를 처연한 눈빛으로 보았다. 지금도 저 도시에는 그때 죽은 자들이 저주에 걸려 고통스럽게 존재하고 있을 것이었다.

걸린 저주를 풀기 위해서는 신이 직접 강림하거나 아니면 교황급 되는 성직자 여럿이 힘을 모아야 하는데 지금으로썬 불가능하다. 안타깝긴 하지만 지금은 그저 돌아설 수밖에 없었다.

'언젠가 이곳에 걸린 저주를 풀어내고 말겠어.'

마음속으로 그리 다짐하며 이델은 발을 떼었다.

이날 밤, 이델 일행은 쉬이 잠들지 못했다. 낮에 본 도시의 풍경이 내내 머릿속에서 지워지지 않았기 때문이었다.

모닥불을 가운데 두고 다들 말없이 앉아 있었다. 평소라면 분위기메이커인 캐년이 가라앉은 분위기를 띄우려 했겠지만 오늘은 그녀도 꽤 충격을 받았는지 그런 모습을 보이지 않았다. 분위기가 이러자 괜히 찔린 쿠우카는 조심스레 눈치를 살피며 찍 소리도 내지 못했다.

이델은 잠시 고개를 들어 조용히 있던 일행들을 보았다.

마음이 무겁기는 매한가지였지만 리더라는 책임감에 이 분위기를 희석시킬 만한 뭔가가 필요하다고 판단했다. 해서 마침 궁금했던 한 가지를 주제로 말을 꺼내었다.

"하프만 님."

"음?"

"제 후대의 용사라고 하니 궁금한 게 있어 그런데 혹시 용사 마기우스에 대해 아는 바가 있으십니까?"

이델의 질문에 하프만은 고개를 좌우로 저으며 대답했다.

"미안하네만 그 인물에 대해서는 아는 바가 거의 없네. 아까도 말했다시피 우리와 용사가 있던 저항 세력은 너무나 동떨어져 있어 당시에는 서로가 존재한다는 사실조차 몰랐었네. 그나마 가까스로 탈출한 소수의 생존자를 통해 대강 전해졌을 뿐이지."

"그렇습니까."

이델은 살짝 실망했다.

용사 마기우스의 행적을 알면 그가 어쩌다 마왕에게 패배했는지, 그리고 그가 사용한 성물의 행방도 알 수 있을지 모른다는 기대심을 가졌기 때문이다.

"후, 그럼 일단은 우리가 찾는 성물에 집중하도록 하죠."

"그러는 게 좋을 것 같네. 헌데 전설 속에 나오는 장소를 갈 방법은 생각해 봤나."

"일단 지도와 전설이 적힌 책의 내용을 토대로 추측한 바론 이곳 바실로드 제도가 의심스럽습니다."

이델은 지도를 펴들고 여러 개의 섬이 점처럼 찍힌 곳을 짚었다.

다른 지리서를 통해 옛날부터 바다 몬스터 때문에 뱃사람들도 가기 꺼렸던 바다가 바로 이 바실로드 제도 인근 바다라는 것을 알 수 있었다.

필경 전설에 나온 레비아탄이라는 바다 몬스터도 그곳 어딘가에 있었을 게 분명했다.

"그런데 거기까지 가려면 배가 필요하지 않겠어요?"

"왜 테일러 함장에게 그곳까지 데려다달라고 하지 않았나?"

이올라와 하프만이 이런 의구심을 품는 것은 당연했다. 이델은 합당한 대답을 리더로서 제시해야만 했다.

이델은 차분히 말을 꺼냈다.

"방법이 있기에 테일러 함장님의 도움을 요청하지 않은 것입니다."

"어떤 방법인가?"

"설마 전설처럼 고깃배를 구해 타고 나갈 생각은 아닌 것이죠?"

이올라의 말에 캐넌이 놀라 외쳤다.

"설마 아니지, 이델?"

"그럴 리가."

가까운 바다도 아니고 족히 삼 일은 항해해야 하는 먼 바다에다 각종 몬스터가 있는데 전설에나 나오는 방법으로 갈 수는 없는 노릇이었다.

이델 또한 그 사실을 잘 알고 있었다.

"그럼 어떻게 바다를 건널 생각인가요?"

"훗! 다 방법이 있지."

이델은 호기 있게 말을 하였다. 그 모습에 나머지 사람들은 걱정이 묻어나는 표정을 얼핏 나타내었다. 하지만 리더로서 믿기로 했기에 더는 묻지 않았다.

*　　　*　　　*

이델은 직접 앞에 서서 동쪽 해안가가 나올 때까지 쭉 이동했다.

드넓은 모래사장이 나타나고 푸른 바다가 보였다.

"흐음."

이델은 해안가에서 열심히 지도를 살폈다. 그리고 방향을 북쪽으로 정하더니 다시 이동하였다. 점점 목적지와는 반대되는 길을 가는 그의 행보에 다들 의구심을 품었지만 잠자코 따라주었다.

한 나흘을 말을 타고 달렸을까.

일행은 칼처럼 날카롭게 솟은 바위가 많은 해변에 당도하게 되었다.

"소드 해변, 아주 먼 옛날 내가 마왕과 싸우기 위해 상륙했던 곳이지."

"이곳에 말인가요?"

"그래."

천 년 전, 이델은 하넬타 대륙을 거의 점령한 마왕 카를과 그 마왕군을 몰아내기 위해 곤드로와 대륙에서 모인 연합군과 함께 상륙 작전을 펼쳤었다.

당시 상륙을 한다는 건 매우 힘들었다. 막강한 마왕군 정예들이 해변부터 진을 쳤기 때문이었다. 이러한 점 때문에 특별한 작전을 짰어야 했는데 고심 끝에 나온 것이 바로 동시 상륙 작전이었다.

쉽게 말하자면 본래 상륙 거점을 삼았던 하넬타 대륙 서부 해변에 거짓으로 상륙 작전을 펴는 척하면서 동시에 상대적으로 방비가 허술한 동부 해변에 이델을 포함한 용사 파티와 정예 병력을 상륙시킨다는 계획이었다.

이때 상륙하게 된 게 바로 이 소드 해변이었다.

"워낙 급류가 심하고 지형도 좋지 못해서 이 일대에 상륙할 것이라고는 당시 마왕군들은 상상도 못했었지."

"그때 일과 지금이 무슨 상관인 거야?"

캐넌의 질문에 이델은 씩 웃어 보였다. 그리곤 말없이 앞으로 나아갔다.

이유를 모르지만 일단 일행들은 졸졸 뒤를 쫓았다. 그리고 그들은 보게 되었다.

"이건⋯⋯."

"와아."

셀 수 없을 정도로 많은 배들이 해변가 주변에 아무렇게나 널브러져 있는 게 보였다. 하도 많은 세월이 흘러 지금은 뼈대만 남은 배가 대다수였고 그나마 있는 배도 겨우 형체만 유지하고 있었지만 어쨌든 장관이었다.

놀라움도 잠시, 바로 현실로 돌아온 이올라는 이델에게 질문했다.

"이곳엔 왜 데려온 거죠."

"우리가 탈 배가 있어서야."

"배라고요? 하지만 여기 있는 배들은⋯⋯."

"맞아. 모두 못쓰게 된 배들이지. 당시에 여기 있는 배들을 수거하지 못했다는 내 짐작이 역시 맞았던 모양이야."

상륙 작전은 매우 위험하여 배 밑이 칼처럼 뾰족한 바위 끝이 뚫리지 않은 것이 없었다. 때문에 이곳에 있는 배들은 대부분 바다 위에 제대로 띄울 수 없는 지경이라 할 수 있었다.

그런 배를 일부러 수리해 끌고 나올 바에야 차라리 새로 뽑는 게 나을 것이라 생각하여 후손들이 그냥 해변에 내버려 뒀을 것이라 이델은 판단했던 것이다.

허나 척 봐도 멀쩡한 배가 한 척도 없는데 대체 어떻게 바다로 간다는 것인지 다들 이델의 속내를 이해하지 못했다.

"앗! 찾았다!"

해변을 걸으면서 배들을 보던 이델이 갑자기 환하게 웃으며 소리를 질렀다.

그 반응에 다른 사람들도 다급히 앞으로 내달렸다.

철썩.

바다에서 밀려오는 파도를 맞으며 한 척의 조그마한 배가 바위 틈새에 기울어져 있는 것이 보였다.

다른 배의 절반도 되지 않는 배는 다른 배들과 비슷하게 세월의 흐름을 타 바다 이끼로 잔뜩 뒤덮여 폐선처럼 보였다. 그럼에도 이델이 기뻐한 이유가 있었다.

"블루 시드 호. 나와 동료들이 탔던 배야."

"이 배를 찾았던 건가요?"

"응, 그래."

이올라는 이델의 말에 이해를 못하겠다는 표정을 지었다. 그런데 그때 로스틴이 숨겨진 진실을 말하였다.

― 마력의 기운이 느껴지는 것으로 보아 마법의 배로군.

"맞습니다."

로스틴의 말에 이델은 고개를 끄덕이며 대답했다.

마법의 배라는 말을 처음 들어보는 나머지는 눈빛으로 어서 설명하라고 신호를 보냈다. 그 신호를 받고 이델은 블루 시드 호를 가리키며 배에 대해 설명했다.

"블루 시드 호는 내가 살던 시대에서 가장 유명했던 배였어."

이델이 태어나기도 전에 건조된 블루 시드 호는 특이하게 드워프들이 만든 배였다.

바다와 거리가 먼 드워프가 배를 만든 건 유래에 없던 일이었기에 많은 호사가의 관심을 받았다. 대다수의 사람들은 이 배가 첫 항해도 못하고 침몰할 것이라 생각했었다. 그러나 결과는 정반대였다.

하넬타 대륙과 곤드로와 대륙 사이를 불과 나흘 만에 횡단하는 대 기록을 세운 것이었다. 이는 그 이전, 그리고 그 이후의 역사에서도 깨지지 않은 대기록이었다.

이런 역사가 있기에 이델은 자신 있게 이곳에 온 것이었다.

"최고의 자재를 이용하고 드워프 마법사들의 특기인 부여 마법이 걸린 이 배를 통해 당시 작전 때 나와 내 파티원들이 선발대로 먼저 이곳에 오게 됐었지."

"하지만 그건 천 년 전의 이야기잖아요."

"이 배는 목재로 만들어진 배가 아니야. 잘 봐."

이올라에게 말을 하곤 이델은 배에 붙은 이끼를 떼어냈다. 그러자 살짝 은빛이 나는 표면이 드러났다.

"금속으로 만든 배?"

"믿기지 않겠지만 실제로 드워프들은 이런 배를 바다 위에 띄우는 데 성공했지. 그런데 내 시대 이후에 이런 배가 안 만들어졌던 거야?"

"없었어요."

이올라는 짧지만 단호히 대답했다.

그녀의 말 따라 블루 시드 호 이후로 금속으로 만든 배는 만들어지지 못했다. 거기엔 다 그만한 이유가 있었다.

"하긴 미스릴을 첨부한 강철에 항시 마력 공급을 할 마법사가 필요하니 쉽게 같은 배를 만들지 못했겠지."

― 동력을 풍력이 아닌 마력으로 쓰는 건가.

"정확히 말하자면 화염 마법의 열기를 이용하는 거죠."

이델은 로스틴의 질문에 대답하며 가벼운 몸놀림으로 바위로 뛴 다음 거기서 다시 배 갑판까지 올라갔다.

유일하게 나무로 만든 갑판은 많이 상해 있었지만 배의 외견은 이곳에 비바람을 맞으며 상륙하던 때와 별반 달라진 게 없었다.

"워낙 튼튼하게 만든 배라 그런지 역시 상한 곳은 없네."

곧 다른 이들도 배 위로 올라왔다. 이델은 벌써 내부로 들어가 있었다.

지금 제일 중요한 건 바로 이 배를 움직일 수 있는 기관의 무사함이었다. 기관은 가장 안쪽 방에 있었다.

복잡한 문양의 마법진을 중심으로 쇠로 된 장치가 있고 다양한 파이프가 선내 곳곳으로 이어져 있었다. 만약 보통의 순수 철로 만들었다면 시간의 흐름에 의해 녹슬어 못쓰게 되었겠지만 드워프들이 그 귀하다는 미스릴을 아낌없이 쏟아 넣어 합금으로 만들어준 덕분에 기관은 문제없는 상태로 있는 것을 볼 수 있었다.

"휴, 다행이다."

기관을 살펴본 이델은 안도의 한숨을 내쉬었다.

블루 시드 호를 찾은 건 비단 이번 성물 탐색을 위해서만은 아니었다.

인류와 이노센트 라이트에게 블루 시드 호는 커다란 전략적 가치를 낳게 될 것이다.

비록 기존에 존재하는 쾌속선 로이아스의 눈물 호보다는 크기가 작아 인원이나 짐을 덜 싣고 다니지만 대신 두 배 가까운 속도로 대륙을 오고 갈 수 있다는 장점이 있으니 외부 활동을 하는 이노센트 라이트 대원들을 보다 많이, 그리고 멀리 보내 활발히 활동하게 할 수 있을 터였다.

이 점까지 생각해 이델은 과거의 기억을 잊지 않고 이곳을 찾은 것이었다.

"정말 놀라운 발견이군. 이건 이노센트 라이트에게 큰 힘이 될 것이네."

"예, 맞습니다."

이델은 하프만의 말에 맞장구를 치며 이올라 쪽을 힐끔 보았다.

의기양양한 이델의 시선에 이올라는 그를 무표정한 얼굴로 빤히 보았다. 그 바람에 순간 이델은 머쓱함을 느꼈다.

'큼! 내가 너무 잘난 척을 했나.'

순간 마음으로 반성을 하며 이델은 뒷머리를 벅벅 긁었다.

어쨌든 이걸로 전설에 나오는 장소를 찾아갈 수단도 구했다. 이제 남은 건 레비아탄이라는 바다 괴물을 봉인한 섬을 찾는 것뿐이었다.

*   *   *

"으랴아압!"

아주 오랜만에 본연의 모습으로 돌아온 하프만이 근육의 힘줄이 도드라지도록 힘을 주며 바다를 향해 한 걸음 나아갔다. 그러자 길고 굵은 줄로 하프만과 연결되어 있던 블루 시드 호가 바위 사이에서 조금씩 움직이기 시작했다.

"힘내라, 힘!"

"하프만 님, 조금만 힘내십시오."

캐넌과 이델의 응원 속에 하프만은 다시 한 번 힘을 써 배를 끌어당겼다. 그렇게 몇 번을 씨름했을까. 마침내 블루 시드 호가 바다에 첨벙 빠졌다.

그 모습에 이올라나 묵묵히 자리를 지킬 따름인 타우타를 뺀 나머지가 환호를 올렸다.

― 그럼 처음에는 내가 동력을 맡겠네.

"이따가 교대하겠습니다."

이제 배를 출발시켜야 했다. 그런데 원래 일행 중에 배를 몰아본 경험을 가진 인원이 한 명도 없었다.

사실 항해술이라는 게 가볍게 배울 수 있는 것도 아니고 배운다 해도 경험이 어느 정도 있어야 먼 바다를 나갈 수 있었다.

다만 이 블루 시드 호가 최소한의 인원으로도 바다에 나갈 수 있도록 설계된 배이고 원래 바다에 익숙지 않은 드워프들이 만든 배라 초보자도 쉽게 운행할 수 있다는 장점이 있어 다행이었다.

그리고 로이아스의 눈물 호에 탑승하고 있을 때 특별히 조타 기술과 항해에 대한 노하우를 간략하게나마 배워둔 이가 있었다.

"잘할 수 있겠지, 타우타?"

"최선을 다해보겠다."

타우타는 무뚝뚝하게 대답하고는 타륜을 잡았다.

그 어떤 일에도 성실한 이 하프 오크 남자야말로 적격이었다.

"그럼 전 무엇을 할까요, 주인님."

"너는 평상시처럼 밥해."

"으, 네."

궂은 일 당번인 쿠우카는 내심 배를 몰아볼 수 있지 않을까 기대했다가 실망을 하였다.

아무튼 출항은 이렇게 순조롭게 이뤄졌다.

마력로의 화력을 받은 배는 해류를 타기 무섭게 쭉쭉 범선보다 빠르게 나아갔다.

"슬슬 교대할 차례인가. 그럼 이쪽을 맡길게, 이올라."

"알겠습니다."

이델은 지도를 이올라에게 넘기고 동력실로 들어갔다.

"큭!"

두꺼운 철문을 여니 엄청난 열기가 전해져 왔다.

이 느낌도 참으로 오랜만이다, 라고 생각하며 이델은 황급히 열기에 대한 저항 주문을 몸에 걸고 안으로 들어갔다.

마력로 앞에는 로스틴이 가부좌를 하고 앉아 마력로에 들어온 마력의 불길을 통제하고 있었다.

뼈만 남은 몸이라 그런지 생각보다 잘 견디는 모습이었다.

— 벌써 왔나. 아직 내가 좀 더 할 수 있는데 이따 오지 그러나.

"아닙니다. 혹시 모를 상황을 생각해 어느 정도의 마력을 남겨 둔 상태에서 교대하는 게 좋을 것 같습니다."

— 그것도 일리 있는 말이군. 알겠네, 그럼 마력이 회복되는 대로 내려오겠네.

"예."

로스틴이 나가고 이델은 가부좌를 하고 앉았다. 마법진에 마력을 불어넣어서 마력로의 불길이 일정 수준을 유지하게끔 조절해 나갔다.

꽤나 섬세한 작업이라 내내 정신을 집중해야 했기에 이델은 바깥의 상황을 조금도 신경 쓸 수가 없었다. 그러나 그는 큰 걱정을 하지 않았다.

이올라나 하프만을 크게 신뢰하고 있기에 그럴 수 있었다.

블루 시드 호는 순탄히 항해를 해나갔다. 보통 범선이라면 며칠이 걸릴 거리도 이 배에게는 단 이틀 정도면 충분하였다.

드디어 망망대해에서 섬들의 모습이 보이기 시작했다. 바로 목적인 바실로드 제도였다.

"일일이 섬을 뒤져야 하는 건가."

"그럴 필요는 없습니다."

이델에게는 블루 시드 호 말고 또 믿는 게 있었다. 그것은 바로 그가 가진 성검이었다.

"신이 다르다고 해도 신성력은 똑같죠. 그리고 강한 신성력은 서로를 끄는 힘이 있습니다."

"오 그렇다면 그 힘이 이용해 성물을 찾겠다는 거군."

"바로 맞췄습니다, 후훗."

현재 이델의 몸에는 적잖은 신성력이 잠재되어 있는 상태였다. 그것을 발휘하여 어딘가에 있는 성물의 신성력과 동조해 위치를 찾는다는 것은 나쁘지 않은 방법이었다.

이델은 갑판 한가운데에 서서 조용히 눈을 감고 정신을 집중시켰다.

"후우."

신성력이 이델의 의지에 따라 성스러운 백광으로 구현화되기 시작하면서 갑판에 환한 빛이 만들어져 갔다.

모두가 그 눈부신 빛에 고개를 돌리거나 팔로 눈을 막는 사이에도 이델은 조금의 움직임도 보이지 않고 오직 하나에만 의식을 집중했다.

'제발, 나타나다오.'

여기까지 와서 아무런 성과도 거두지 못하고 돌아간다면 마왕 토벌이라는 목적은 영영 소원해지게 될 것이었다. 그리되면 인간족과 빛의 종족들의 미래는 없는 것과 마찬가지였다.

그렇게 되지 않기 위해서라도 반드시 전설에 나오는 성물을 찾아야만 했다. 이런 마음이 영향을 준 것일까. 빛은 점점 커져만 갔다.

이때! 미약하지만 이쪽의 신성력과 공명하는 신성력이 멀리서 느껴져 왔다.

'찾았다!'

이델은 그것이 자신이 찾는 성물임을 확신했다.

정신 고조의 상태에서 벗어나 이델은 눈을 떴다. 다들 그를 걱정스럽게 바라보고 있었다.

"괜찮아?"

"응, 괜찮아."

과도한 정신 집중으로 지친 이델을 캐넌은 손수 부축해 주었다. 그 모습에 이올라는 잠깐 멋쩍게 내민 손을 다시 뒤로 빼야만 했다.

어느 정도 몸을 추스른 이델은 자신이 조금 전에 파악한 신성력의 위치를 눈으로 파악했다.

"저 섬인 것 같아."

"저기 보이는 섬을 말하는 건가."

"예, 맞습니다."

이델이 지목한 섬은 현재 있는 위치에서 아주 작게 보일 정도로 멀리 떨어져 있는 섬이었다.

마침내 전설에 나오는 섬을 찾은 일행은 그 섬의 해안가까지 블루 시드 호를 타고 이동했다.

"화산섬인 것 같네."

이델은 멀리 검은 연기를 연신 뿜어내는 꽤 커다란 화산을 보며 말했다.

멀리서 봤을 때는 그렇게 큰 섬이라고 생각을 못했는데 막상 오니 컸다. 때문에 이델 일행은 식량과 필요 물품이 담긴 배낭을 저마다 하나씩 챙겼다.

"성직자는 바다 괴물인 레비아탄을 이 섬에 봉인했을 것입니다. 그러니 섬 가장자리를 따라 찾는 게 가장 빠른 방법일 겁니다."

"그렇겠군. 그럼 양쪽으로 나뉘어 찾는 게 어떻겠나."

"아뇨. 섬에 어떤 위험이 있는지 모르니 일단 함께 다니는 게 나을 것 같습니다."

이델의 반박에 하프만은 납득한 듯 고개를 끄덕였다.

곧 일행은 해변을 따라 쭉 움직였다. 높낮이가 상당한 해안 절벽을 따라 움직여야 했기에 이동은 쉽지 않았다. 결국 하루

가 꼬박 걸렸지만 섬을 반 바퀴도 돌지 못하고 휴식을 취해야
했다.

"물을 구해 올게요."

"나도 같이 가요, 언니. 내 코면 금방 찾을 수 있을 거예요."

"부탁할게."

이올라와 캐넌이 물을 구하러 가고 쿠우카와 타우타는 불을
지피고 식사 준비를 했다.

그사이에 다른 세 사람은 인근을 좀 더 조사하고 다녔다.

탓.

가파른 절벽을 아슬아슬하게 오가며 이델은 특이한 게 없나
살폈다.

"봉인만 아니라면 좀 더 쉽게 찾을 수 있을 텐데."

도착해 보니 봉인 탓인지 섬 전체에서 특정한 장소를 딱 짚
어 찾기가 쉽지 않았다.

파도가 치는 아래로 좀 더 내려가려는데 위에서 하프만의
목소리가 들려왔다.

"그만 돌아오게. 오늘은 이쯤에서 멈추는 게 좋겠어."

"알겠습니다."

내키지는 않았지만 이델은 하프만의 말을 따르기로 했다.

에어 워크로 뛰어올라 절벽 위로 올라온 이델은 야영지로
향했다.

*   *   *

날이 밝고 다시 수색이 재개되었다.

조금이라도 수상한 게 있는지 모두 좀 더 세밀히 찾아보며 해변가 일대를 샅샅이 조사하였다. 그러나 생각처럼 쉽게 단서를 얻지 못했다.

그런데 이런 와중에 필요치 않은 전투가 발생하였다.

"키이이익!"

"하앗!"

공중을 날며 이델은 성검을 좌우로 그었다. 일격에 하늘에 떠 있던 반인반조의 몬스터인 하피가 연달아 추락하였다.

— 샤이닝 비트.

로스틴이 날린 수십 개의 빛의 파편이 어지럽게 날아가 연달아 하피들을 격추시켰다. 그럼에도 하늘엔 아직 떠 있는 하피가 많았다.

하피들은 독수리처럼 허공을 빙빙 돌다가 차례차례로 하강해 공격하였다.

"카앙!"

고양이처럼 한 번에 도약해 낮게 날아와 공격하려던 하피를 후려잡은 캐넌은 피가 묻은 입을 닦을 새도 없이 다음 표적을 찾았다.

수적으로는 확실히 열세였지만 이델은 이 싸움이 불리하다고는 생각하지 않았다.

'대마법사에 오러 유저가 둘이나 있다. 그런데 진다는 건 말

이 안 되지.'

그리 생각하며 이델은 한쪽에서 녹색의 검광을 연신 뿜어내는 이올라를 보았다.

은빛의 머리카락을 휘날리며 사방에서 덮쳐오는 하피들을 무자비하게 처형하는 이올라의 모습은 아름다웠다. 아주 짧은 찰나였지만 거기에 시선을 빼앗기지 않을 수가 없었다.

"조심하게!"

불현듯 하프만의 목소리가 들렸다. 그와 동시에 오러 유저로서의 감각이 위기의 경종을 울렸다.

순간 검을 휘둘러 가장 앞에 날아온 하피를 베었다. 그러나 그 뒤로 다른 하피들이 날아와 이델을 노렸다.

"큭!"

바로 오러를 몸에 둘러 타격을 막았다. 하지만 하피의 발톱이 어깨 보호구를 잡는 것을 막지 못했다. 이델의 몸은 한순간에 붕 떠올랐다.

물론 이대로 순순히 당할 이델이 아니었다. 곧 그는 성검을 휘둘러 자신을 잡아 챈 하피와 인근의 하피들을 한꺼번에 척살했다.

"우웃."

이델은 고개를 숙여 아래를 보고 자신의 실수를 뒤늦게 깨달았다. 잠깐의 공중 부양 사이에 그의 몸은 땅이 아닌 절벽 너머 바다 위에 떠 있었던 것이다.

잡고 있던 하피를 베니 속수무책으로 떨어질 수밖에 없었다.

'이까짓 거.'

자신의 기술을 쓴다면 추락을 피하는 것은 문제가 아니었다.

곧바로 정신을 가다듬은 이델은 발에 오러를 집중시켜 에어워커로 낙하 속도를 줄여갔다. 그런데 이때, 그의 시야에 포착된 게 있었다.

'저, 절벽 아래… 뭔가 이상하다.'

절벽과 바다가 이어지는 곳에서 유독 한곳으로 빠른 수류가 발생한 것이 눈에 들어왔다. 수류는 바다가 아닌 절벽 쪽으로 빨려 들어가고 있었다.

그것을 본 이델은 그대로 물속으로 풍덩 빠졌다.

푸른 물 속으로 무수한 물고기가 다니는 모습이 보였다. 그리고 그 앞으로 수중 동굴의 입구로 여겨지는 거대한 절벽에 나 있는 구멍을 볼 수 있었다.

구멍의 크기는 아주 컸고 깊숙해 보였다. 그냥 지나치기엔 의심스러운 장소였다.

'혹시……'

이델은 빤히 동굴을 보다 수면 위로 떠올랐다. 물 위로 떠오른 그는 수십 미터나 되는 절벽을 기어오르는 대신 허공을 몇 번 밟아 뛰어넘었다.

"아."

"어라?"

땅에 발을 딛자마자 이델이 제일 처음 본 것은 무수히 흩어진 하피들의 사체와 막 갑옷을 벗어던지고 바다로 입수하려는 이올라의 모습이었다.

멍하니 이델을 보던 이들 중 제일 처음 반응을 보인 건 캐넌이었다.

캐넌은 폴짝 뛰어 이델에게 매달리더니 기뻐하며 말했다.

"살아 있었구나!"

"당, 당연하지."

그렇게 대꾸하며 이델은 이올라를 보았다. 좀 전의 모습으로 대략 그녀가 무엇을 하려 했는지 알 수 있었다.

"날 구하려 했던 거야?"

"……."

이델의 질문에 이올라는 아무 말도 하지 않았다. 그저 묵묵히 다시 갑옷을 챙겨 입을 따름이었다. 그 모습에 이델은 멋쩍은 표정을 지었다.

왜인지 모르지만 이올라가 자신에게 화가 났음을 은연중에 알 수 있었다. 그러나 그 이유까지는 알지 못했다.

이때, 하프만이 살짝 말을 해왔다.

"이올라 경이 놀라는 모습은 참으로 오랜만에 보았네. 자네라면 무탈할 것을 알 텐데도 하피들을 모두 눈 깜짝할 사이에 정리하고 무작정 말도 않고 물로 뛰어들려 하더군."

"아하하, 그렇습니까."

의외였다. 함께 오래 다닌 만큼 전혀 걱정할 일이 아님을 알면서도 그렇게까지 했다는 게 쉬이 믿기지 않았다. 새삼 한 번 더 이올라를 보며 이델은 그녀의 속마음을 알고 싶다는 생각을 하였다.

"그런데 어째서 물속에 그리 오래 있었나?"

"아, 그게……."

자신이 본 것을 알려야 한다는 생각에 이델은 이야기를 꺼냈다.

물속에 있는 수중 동굴의 존재를 알리자 하프만은 신중한 표정을 보였다.

"확실히… 의심이 가는군. 그런데 과거 성직자가 찾아 들어가기에는 힘든 장소가 아닌가."

"그 생각을 안 한 것은 아닙니다. 하지만 엄청난 세월이 지난 만큼 어쩌면 옛날에는 수중 동굴이 아니었을지도 모릅니다."

"흐음."

— 그렇다면 이렇게 해봄이 어떤가.

로스틴의 제안으로 수중 동굴에 대한 탐사가 이뤄졌다.

탐사 방법은 간단했다. 마법의 눈을 만들어 그것을 통해 원거리의 모습을 살필 수 있는 마법이 있었던 것이다.

로스틴은 그 마법을 통해 수중 동굴의 입구에서부터 내부를 샅샅이 탐색해 나갔다.

그 시간이 꽤나 걸리는 터라 나머지 인원들은 방금 전투가 치러진 주변을 정리하고 식사를 해 손실한 체력을 회복하였다.

'지금 아니면 말을 건넬 기회가 없을 것 같은데.'

이델은 속으로 생각하며 한적한 곳에서 조용히 휴식을 취하는 이올라를 찾아갔다.

이올라와 캐넌은 같은 곳에서 쉬고 있었다. 아무래도 이야기는 단둘이서만 해야 될 것 같았기에 이델은 캐넌에게 부탁의 말을 꺼냈다.

"잠깐 자리 좀 비켜줄래."

"왜?"

"이올라와 좀 중요하게 할 말이 있어서 그래."

"우웅."

자신만 쏙 빼놓고 대화를 나누겠다는 말에 캐넌은 살짝 심기가 불편해졌지만 고분고분 말을 따라주었다.

이올라는 캐넌을 보내는 이델을 보며 말을 했다.

"무슨 일이시죠."

왠지 한기가 말에 서려 있다는 느낌이 드는 건 단순한 착각일까.

이델은 마음에 있던 말을 꺼냈다.

"혹시 날 걱정해서 아까 그랬던 거야?"

"……."

여전히 이올라는 그 부분에 대해서 말을 아꼈다. 그 모습을 본 이델은 이번에는 어떻게든 대답을 들어야겠다고 다짐했다. 안 그러면 내내 답답함을 가질 게 분명했다.

이델은 바로 이올라의 앞에 털썩 앉았다. 얼핏 생각한다면 꽤나 무례한 행동이었다. 실제로도 이올라의 평온한 무표정이 순간 살짝 사라졌다.

이델은 진지하게 말했다.

"예전부터 난 쭉 생각했어. 우리 관계가 가까우면서도 어딘지 모르게 멀다고. 서로 많은 것을 공유했음에도 불구하고 말이야."

"……."

이올라는 여전히 침묵했다. 그러나 그녀의 눈빛은 얼핏 떨리고 있었다. 이런 사소한 변화는 전혀 눈치채지 못하고 이델은 계속 말했다.

"예전에는 내가 감추고 있던 것도 많았지만 이제는 안 그럴 거야. 내 마음을… 솔직하게 밝히고 싶어."

"정말인가요."

처음으로 이올라는 입을 열었다. 아까와 전혀 다르지 않은 목소리였지만 왠지 모르게 차가움이 사라진 느낌을 이델은 받을 수 있었다.

그 반응에 내심 기뻐하며 다음 말을 꺼내려 했다. 그런데 순간 말문이 막히었다.

'어, 어라?'

자신이 무슨 말을 꺼내려 했는지 떠오르지 않은 것은 아니었다. 다만 뭔가 목에 턱 막힌 듯 아무 말도 나오지 않은 것이었다.

갑자기 이델이 말을 않자 이올라가 긴장된 눈빛으로 그를 보았다.

잠시 정적이 흐르고 둘 사이에 묘한 공간이 형성되었다. 그리고 대단히 어색하게 서로를 보았다.

"이리로 오게."

절묘한 순간에 하프만의 목소리가 들려왔다.

그 소리에 문득 정신이 든 이델은 곧 어색하게 말을 꺼냈다.

"가, 가볼까."

이올라는 대답 대신 고개를 간단히 끄덕였다.

먼저 이델이 일어났고 평상시보다 약간 빠르게 걸음을 옮겼다.

그 모습을 묵묵히 지켜보는 이올라는 아주 작은 목소리로 속삭이듯 말했다.

"바보."

＊　　　＊　　　＊

이델과 이올라가 돌아오자 로스틴이 말을 하였다.

— 안쪽을 탐색해 보니 중간부터 물이 들어가지 않는 부분이 나타났네.

"그럼 그 안에 성물이 있었습니까?"

이델의 질문에 로스틴은 뼈만 남은 고개를 가로저었다.

그 모습에 실망하려는 찰나, 로스틴은 다시 빠르게 의사를 전달했다.

— 내부를 좀 더 살피고 싶었지만 내부로 들어갈수록 봉인

의 기운이 강해지더군. 때문에 마법이 깨져 버려 안을 살필 수 없었네.

"그렇다면 가능성이 없다고는 할 수 없겠군요."

"나도 같은 생각이네."

"흠, 이올라의 생각은 어때."

이델이 조심스럽게 묻자 이올라는 아까의 일은 잊은 듯 평상시와 똑같은 태도로 말을 했다.

"모두의 생각이 일치한다면 저도 동의합니다."

"그럼 저 동굴을 직접 들어가 탐색하죠."

판단은 리더인 이델의 몫이었다. 그가 결정을 내린 이상 모두가 따르기로 했다.

다만 여기서 한 명만은 반대했다.

"난 절대 안 들어갈 거야!"

"휴."

천성이 고양이인 캐넌은 수영은 고사하고 물에 들어가는 것조차 극도로 두려워했다. 그런 그녀가 끝도 없는 바닷속을 들어간다는 것은 불가능에 가까운 일이었다.

결국 이델은 판단을 다시 내려야 했다.

"할 수 없지. 캐넌과 타우타는 여기 남아 있어."

"됐다!"

"알겠습니다."

폴짝폴짝 뛰며 기뻐하는 캐넌과 묵묵히 명령에 따르는 타우타를 두고 넷만 동굴 안으로 진입하기로 했다.

헤엄치기 쉽게 몸에 지닌 장비들은 이델이 가진 무한의 가방에 집어넣었다.

─ 준비됐나.

"예."

"네, 됐습니다."

로스틴은 모두의 대답을 듣고 주문을 완성시켰다. 그러자 투명한 장막이 네 사람을 중심으로 공처럼 만들어지고 모두의 몸이 떠올라 천천히 아래로 향했다.

첨벙.

네 사람이 들어간 마법의 장막이 물속으로 들어갔다. 그렇게 물로 들어가 곧장 동굴로 향해갔다.

─ 이 장막 안의 산소로 버틸 수 있는 건 삼 분의 이 지점까지이네.

"나머지 거리는 어떻게든 숨을 참고 가야죠, 뭐."

이런 대화를 나누며 컴컴한 물속을 전진했다. 다른 사람과 다르게 마법적 시야로 사물을 보는 로스틴은 한 치도 볼 수 없는 어둠 속에서도 방향을 잃지 않고 계속 이동해 갔다.

얼마나 시간이 지났을까. 슬슬 숨을 쉬기가 힘들어졌다.

─ 이제 곧 마법이 끝나네. 다들 준비하게.

"후우웁."

로스틴의 말에 세 사람은 남은 산소를 최대한 들이마셨다.

바로 직후, 로스틴이 건 주문이 해체되면서 네 사람의 주변으로 물들이 밀려들어 왔다.

― 라이팅!

로스틴이 조명이 만들었다. 어둠 속에서 빛에 비친 해골의 모습은 충분히 충격적인 것이라 이델은 자칫 입을 벌려 모은 공기가 새어나갈까 두 손으로 입을 막아야 했다.

어쨌든 빛이 생기고 일행은 다시 전진했다.

간간이 물고기들이 스쳐 지나가는 가운데 통로는 마치 지옥으로 통하는 마귀의 커다란 입처럼 커다랗게 열린 채 끝 모르게 이어져 갔다.

폐에 남아 있는 산소가 점점 고갈되는 상황 속에서 목적지는 쉬이 나타나지 않았다.

'아직 멀었나.'

이델은 슬쩍 뒤를 보았다.

이올라가 물살을 가르며 헤엄쳐 오는 모습을 볼 수 있었다. 다행히 아직까진 괜찮은 것처럼 보여 안심이 되었다.

― 이제 다 왔네.

'아, 살았다.'

지금만큼 로스틴의 말이 반가운 적이 없을 것 같다.

슬슬 저 멀리에 천장에서 물 밑으로 빛이 내리쬐어지는 모습이 보였다. 하여 이델은 마지막 힘을 다해 그곳을 향해 헤엄쳤다.

"푸화!"

수면 밖으로 나오기 무섭게 이델은 크게 숨을 들이마셨다.

곧 하프만과 이올라도 수면 밖으로 머리를 내밀었다. 그 둘도 산소를 한껏 마시며 살아나는 표정을 지었다.

이델은 수면 가장자리로 헤엄쳐 나갔다.

"으으, 추워라."

물 밖으로 나오니 한기가 밀려들었다. 젖은 몸을 말리기 위해 이델은 등에 메고 온 무한의 가방에서 미리 준비한 장작들을 꺼냈다.

"파이어."

간단한 마법으로 장작에 불을 붙일 쯤 나머지 사람들도 올라왔다.

"일단 옷부터 갈아입는 게 좋겠습니다."

"그래야 할 것 같군."

하프만은 그리 대답하더니 젖은 윗옷을 훌훌 벗어젖혔다. 그 모습을 보고 이델은 곧 가방에서 옷과 장비를 꺼냈다.

남자들은 그 자리에서 바로 옷을 갈아입었지만 그럴 수 없는 여자인 이올라는 시선을 피해 딴 곳으로 가 옷을 갈아입었다.

그렇게 준비를 마치고 일행은 곧장 내부로 걸음을 옮겼다.

"그런데 레비아탄이라는 괴물은 어떤 괴물인가."

"글쎄요. 저도 책에서 본 게 다인지라."

불쑥 건네진 하프만의 말에 이델은 정확한 대답을 줄 수 없었다.

그러다 문득 한 가지 의문이 생겼다.

'그런데 만약 봉인이 되는 성물을 가져오게 되면 레비아탄은 어떻게 되는 거지?

전설로 치부될 정도로 까마득한 과거에 봉인된 존재가 현재까지 온전히 있으리라곤 생각되어지지 않지만 그래도 일말의 불안감이 생긴다.

그런데 바로 이때, 고민을 하던 이델의 귀에 어떤 소리가 들렸다. 이 소리는 오러 유저로 청각이 뛰어난 이올라도 같이 들었다.

"이올라도 들었지?"

"네."

"역시 잘못 들은 게 아니었던 모양이네."

갑자기 걸음을 멈춘 두 사람의 반응에 하프만은 조심스레 물었다.

"갑자기 왜 그러나?"

"아무래도 이곳에 우리 말고 다른 존재가 있는 모양입니다."

이델의 대답에 하프만의 표정이 굳어졌다.

아직 어떤 존재라고 단정 지을 수 없지만 이런 외딴 섬, 그것도 이런 장소에 살고 있다는 것은 보통의 생명체는 아닐 가능성이 컸다.

로스틴이 만든 빛의 조명 아래에서 일행은 무기를 꺼내고 조심스럽게 전방을 주시했다.

점점 정체불명의 소리가 커지고 어둠 저편에서 기척이 느껴졌기에 이델은 성검에 오러를 불어넣었다.

저벅저벅.

소리와 함께 어둠에서 붉은 안광들이 연달아 드러난다. 이때 로스틴은 또 하나의 빛을 만들어 앞으로 내보냈다.

그러자 어둠에 가려져 있던 존재들의 정체가 드러났다.

"이것들은……!"

이델은 생전 처음 보는 존재들에 놀라지 않을 수 없었다.

어둠에서 나타난 존재는 딱딱한 껍질과도 같은 비늘이 몸 곳곳에 나 있는, 3m 정도의 키에 팔이 다리보다 긴 흉측한 외모의 생물이었다.

이델은 물론 다른 이들도 본 적이 없는 그것들은 흉흉한 안광을 번뜩이며 상어처럼 날카로운 이를 한껏 드러냈다.

*　　　*　　　*

나타난 생명체의 수는 모두 여덟이었다.

하나같이 지독한 비린내가 나오고 있었기에 로스틴을 뺀 모두가 일그러진 얼굴을 하였다.

이때였다. 가장 앞에 있던 괴물들이 마치 개구리 뛰듯 공중으로 뛰어올랐다.

"하아앗!"

궤적을 따라 하늘빛 오러가 날아가 괴물 중 하나를 떨어뜨렸다. 하지만 두 마리는 그대로 일행이 있는 곳으로 낙하하는데 성공했다.

쾅!

육중한 소리와 함께 바닥이 부서진다.

그 직전에 몸을 피신했던 하프만은 작아진 상태일 때 쓰는 투 핸드 소드를 수직으로 힘껏 휘둘러 괴물을 베었다.

"크에에엑!"

끔찍할 정도로 요란한 비명이 동굴 안에 쩌렁쩌렁 울렸다. 그러나 그런 것에 비해 놈이 입은 상처는 생각보다 작았다.

"일격에 베지 못하다니."

믿을 수 없는 결과에 하프만은 꽤 충격을 받은 모습을 보였다. 하긴 충분히 그럴 법도 했다.

현재 하프만이 인간 형태로 작아졌다지만 그렇다고 그의 본질이 변한 것은 아니다. 인간의 열 배가 넘는 괴력을 가지고 전력을 다한 참격을 받아내고도 죽지 않았다는 것은 분명 놀라운 일이었다.

"이 녀석들의 껍질, 뭐 이렇게 단단해."

하프만만큼 괴력을 낼 수는 없지만 대신 오러로 뛰어난 절삭력을 발휘할 수 있는 이델과 이올라조차도 고전을 면치 못했다.

놀랍게도 비늘이 나 있는 부분은 오러의 참격을 정면으로 받고도 크게 베이지 않은 것이었다. 미스릴 같은 마법 금속이나 강력한 보호 마법이 걸린 방어구 정도가 아니면 낼 수 없는 방어력이었다.

일대일도 버거운 판국에 뒤에 있던 놈들도 가세했다.

— 물러나게.

로스틴의 말에 앞에서 싸우던 세 사람은 바로 뒤로 몸을 날렸다.

곧 초고열의 화염이 괴물들 사이에 작렬했다.

화염에 휘감긴 괴물들은 괴성을 지르며 제자리에서 몸부림 쳤다.

"먹혔나?"

하지만 기대를 깨고 괴물들은 불길을 뚫고 나왔다. 좀 그을 리고 만 모습에 이델은 혀를 찼다.

"저 정도 화염이면 어지간한 마수도 숯 덩어리가 되는데 도 대체 어떻게 된 놈들이야."

— 아무래도 마법적 저항 능력을 꽤 강하게 가진 것 같군. 보통 마물은 아니니 조심하게.

"끄응."

로스틴의 말에 이델은 자신도 모르게 앓는 소리를 냈다.

그 말대로라면 좀 전보다 더 강력한 위력의 마법이 아니면 통용되지 않는다고 할 수 있다. 물론 그런 마법을 이델이나 로 스틴이 못 쓰는 것은 아니다.

문제는 장소였다. 이런 동굴 안에서 위력 있는 마법을 잘못 썼다간 동굴 자체가 무너지는 참사가 벌어질 수 있었다.

'그럼 오러 스킬도 자제해야 되나.'

안 그래도 처리하기 힘든 놈들인데 이런 제약까지 걸리니 이만저만 난처한 게 아니었다.

푸확!

한 줄기의 피가 공중에 솟구친다. 이올라의 대검이 괴물의 복부를 찢고 위로 이동하면서 낸 상처에서 나온 피였다.

"오호라, 안쪽은 그리 튼튼하지 않은 모양이지."

이올라 덕에 약점을 알게 된 이델은 눈을 반짝였다. 방법을 안 이상 머뭇거릴 이유는 조금도 없었다.

이델은 가장 가까이에 있던 괴물을 향해 거침없이 접근했다. 그를 본 괴물은 긴 자신의 팔을 활용해 공격을 하였다. 하지만 그 공격은 이델이 볼 때 너무나 단조로웠다.

"흥!"

콧방귀를 뀌며 단번에 공격을 피한 이델은 성검을 괴물의 몸에 깊숙이 박아 넣었다. 그리고 그것만으로 부족하다고 여겨 검 손잡이를 잡고 있는 손을 통해 검에 오러를 한껏 불어넣었다.

내부에서 오러의 기운이 폭사되자 괴물의 육체는 그야말로 피륙으로 화해 산산이 흩어졌다.

그사이 하프만은 검을 던지고 건틀렛을 낀 두 주먹으로 괴물들을 상대하고 있었다.

"허업!"

소리를 내뱉으며 하프만은 날아드는 괴물의 팔을 잡더니 반대로 힘껏 내던졌다.

그렇게 던져진 괴물을 마무리하는 건 이올라였다. 그녀의 대검이 찔러 들어가자 괴물의 사지가 파르르 떨렸다. 복부를 그런 식으로 헤집으니 제아무리 생명력이 뛰어나도 살아남을 재간이 없었다.

― 데스 이터.

시커먼 암흑이 두 마리의 괴물 몸 곳곳에 작은 구 형태로 출현한다. 이 암흑은 소멸의 권능을 가지고 있었다. 튼튼한 비늘마저도 이 힘 앞에서는 버티지 못했다.

이델의 생각과 다르게 굳이 파괴력으로 승부를 보지 않고 다른 방법으로 괴물을 쓰러뜨리는 로스틴의 조력은 크게 도움이 되어주었다.

마침내 마지막 한 마리가 바닥에 쓰러지고 전투가 끝이 났다.

전투를 끝내고 한시름을 놓은 이델은 괴물의 주검을 보며 중얼거리듯 말을 했다.

"성물의 봉인 안에 어째서 이런 마물이 사는 거지?"

― 어쩌면 이것들은… 레비아탄이라는 바다 괴물의 잔해일지도 모르겠군.

"그게 무슨 말씀이십니까?"

― 싸우면서 알게 된 것인데 이들에겐 영혼이 없었네.

"설마……!"

― 불가능한 일은 아니지. 고대의 마수나 마물 중에는 거의 드래곤과 필적할 만큼 강력한 존재가 있었다고 알고 있네. 레비아탄도 그런 존재라면 그것에서 비롯된 것이 이런 위협적인 괴물로 재탄생될 수 있다고 난 생각하네.

"휴! 그렇다면 큰 문제군요."

로스틴의 말에 이델은 한숨을 안 쉴 수가 없었다.

오러 유저와도 대등하게 싸운 괴물이 정말로 레비아탄의 잔해에 불과하면 그 본체는 대체 얼마나 강력할까. 생각이 곧 불안감이 되어갔다.

한참 수심에 차 있던 이델은 망설이다 말을 꺼냈다.

"이번 일은 훨씬 위험하게 될 것 같습니다. 아무래도 여기서 선택을 해야 할 것 같습니다."

"물러나자는 건가."

"목표를 달성하는 것도 좋지만 그렇다고 그것 때문에 함부로 목숨을 내걸 수는 없다고 생각합니다."

"음."

이델의 말에 하프만은 무거운 침음을 냈다.

"전… 여기서 멈춰서는 안 된다고 생각해요."

"신중히 판단해야 돼. 어쩌면 우리 힘으로 당해낼 수 없는 존재와 싸워야 할 수도 있어."

"설령 그렇다고 해도 이곳까지 와 포기할 수 없어요. 그건 이델도 마찬가지지 않나요."

"물, 물론 그렇지."

대답을 한 후 이델은 아랫입술을 꾹 깨물었다.

이올라의 말에 자신이 흔들렸다는 사실을 깨달을 수 있었던 것이다.

"나도 동감이네. 여기서 포기한다면 큰 기대를 걸었던 군터

님을 실망시키는 일이 될 거네."

— 만약 위기가 닥친다면 그땐 나를 주저 없이 희생양으로 삼게. 어차피 나는 이미 한 번 죽은 몸, 대의를 위해서라면 기꺼이 희생할 수 있네.

하프만도, 그리고 로스틴도 한마음으로 말해주었다. 여기에 이델은 다시금 큰 힘을 얻을 수 있었다.

곧 이델은 고개를 숙이며 다음과 같이 말했다.

"고맙습니다, 모두들. 제가 잠시 경솔하게 생각을 했던 것 같습니다. 리더로서 볼썽사나운 꼴을 보여드려 죄송합니다."

이제 더는 걱정하지 않을 것이다.

설령 최악의 경우가 닥쳐오더라도 미래를 위해 성물을 찾아 반드시 전해주겠노라 마음속으로 결심했다.

"가죠."

"그러세."

이델은 스스럼없이 앞장서서 걸음을 옮겼다.

이제 이곳에 레비아탄이 봉인되어 있다는 것은 거의 기정사실화되었다. 그렇다면 저 안 깊숙이에 봉인의 중심이 있을 게 틀림없었다.

이델 일행은 이후로도 괴물들과 교전을 펼쳐 나갔다.

적게는 서넛에서 많게는 스물까지도 나타나 어김없이 공격해 오는데 그때마다 그것들을 전부 쓰러뜨려야만 했다. 약점을 알게 된 후였기에 처음보다는 수월하게 싸울 수 있었지만 그래도 체력과 마력이 조금씩 깎여 나가는 것을 피할 수는 없었다.

피를 말리는 전투를 치르며 몇 시간을 이동하자 드디어 긴 동굴도 끝이 보이기 시작했다. 그런데 그 끝은 생각했던 것과 전혀 달랐다.

"천장이 뚫려 있다니……."

약 지름 500m 정도 되는 공간 위로 보이는 건 울창하게 자란 나뭇가지들이었다. 나뭇가지 사이로 햇살이 비치고 있었다. 또한 사방은 지상까지 약 20미터 정도 되는 절벽으로 되어 있었다.

덩굴이 무성하고 바닥에는 풀과 꽃까지 자라 있는 이곳에서 이델은 신의 권능을 강하게 받을 수 있었다.

5장

레
비
아
탄

이델은 천천히 발을 떼어 앞으로 조심스럽게 나아갔다.

앞에는 돌로 쌓은 제단이 있었다. 거기엔 주신 아르마를 상징하는 성표가 달린 은빛의 목걸이가 세월의 흐름도 무시한 채 은은한 빛을 바라며 놓여 있었다.

"이게 그 전설에 나오는 성물인 건가."

"딱히 특이하다고 할 만한 느낌은 안 드는데."

"봉인을 유지하느라 그렇게 보일 겁니다. 하지만 봉인에서 꺼낸다면 아마 본래 지니던 힘을 되찾게 되겠죠."

말을 하면서 이델은 제단 쪽으로 손을 내밀었다. 그런데 순간 강한 반발력이 그의 손을 튕겨냈다.

"이런, 역시 봉인에 쉽게 손을 대지 못하게 해두었군."

만약 누군가 손을 대서 봉인이 깨지는 불상사가 생기지 않게끔 대비책을 마련한 것은 어떻게 보면 당연한 일이었다.

먼저 봉인을 지키는 결계부터 해체해야만 될 것이었다.

— 내가 해보지.

대마법사인 로스틴은 곧바로 결계를 해제하기 위해 마력을 운용했다.

검은 마력이 봉인으로 쇄도하자 신성력으로 구축된 결계가 격렬히 저항했다. 양측의 힘이 물고 물리는 싸움을 벌이는 동안 로스틴은 결계의 핵심을 파악해 해체를 시도했다.

파칫!

결계가 마침내 해체되었다. 그 순간, 이델은 기감을 통해 주변의 공기가 묘하게 달라지는 것을 느꼈다.

결계가 해제되자 이델은 모두를 보며 말을 꺼냈다.

"우선 모두 위로 먼저 올라가 계십시오. 저도 곧 뒤따라가겠습니다."

"정말 괜찮겠나."

"제 몸 하나는 건사할 수 있습니다."

이델은 안심시키듯 말을 하곤 제단 쪽을 보았다.

봉인이 사라진 후에 벌어질 일은 아무도 예상할 수 없는 일이었기에 신중을 꾀할 필요가 있었다. 하여 단독으로도 빠르게 구멍을 빠져나올 수 있는 이델이 혼자 남아 성물을 빼내는 역할을 맡은 것이다.

조심스럽게 제단 앞에 선 이델은 은은한 빛이 발하며 존재감을 과시하는 성물을 내려다보았다.

"후우, 좋아. 해보자."

모두가 위로 올라간 것을 확인하고 이델은 속으로 알고 있던 신에게 올리는 기도문을 읊으며 자신의 신성력을 끌어 올렸다.

손을 성물이 댄 순간 강렬한 반발이 전해져 왔다. 이미 오랫동안 봉인의 핵으로 있었던 터라 봉인 자체와 동화되어 버린 까닭에 나타난 반발력이었다.

'이까짓 것.'

이델은 그런 반발력을 무시하고 강제로 목걸이를 손을 쥐었다. 마침내 봉인이 해체되고 마치 자석처럼 착 달라붙어 있던 목걸이가 제단에서 떼어졌다.

제단에서 성물을 떨어뜨리자 바로 조짐이 일어나기 시작했다.

쿠르르릉.

"이, 이건……!"

지진이라도 난 듯 사방의 땅이 흔들린다. 역시 불안한 예상이 들어맞은 모양이었다.

"이델!"

위에서 들리는 이올라의 목소리에 반응한 이델은 바로 지면을 박차고 공중으로 뛰어올랐다. 에어 워크로 구멍을 탈출한 이델은 계속되는 땅의 흔들림에 서둘러 말했다.

"아무래도 낌새가 안 좋습니다. 어서 서두르죠."

— 이쪽에서 남쪽으로 향하면 되네.

"알겠습니다."

아무것도 모르고 현 이상 상태에 놀라고 있을 다른 일행들을 생각해 모두 서둘렀다.

이 와중에도 땅의 진동은 점점 커져가고 숲에서 새들이 우르르 쏟아져 나와 하늘 위로 올라가는 모습을 볼 수 있었다. 급기야 주변의 나무들이 뿌리째 뽑혀 쓰러지기까지 했다.

앞에서 쓰러지는 나무들을 본 이델은 검광을 번뜩이며 전진했다.

쿠궁.

잘려진 나무들이 좌우로 빗겨나고 열린 길을 지나 이델은 빠르게 질주했다.

이미 섬 곳곳은 거대한 지진으로 혼란에 빠졌다. 그런데 여기서 더욱 큰일이 벌어졌다.

쿠와앙!

굉음과 동시에 무언가가 하늘에서 쏟아져 내리기 시작했다.

'화산이 분화하다니. 어서 섬을 빠져나가지 않으면 위험하겠어.'

시간이 더욱 촉박해진 가운데 일행은 마침내 해안가까지 빠져나올 수 있었다.

— 이쪽이다.

앞질러 간 로스틴이 공중에서 날아오는 모습을 보고 세 사람은 그 방향으로 뛰어갔다. 그리고 무사히 나머지 일행과 합류할 수 있었다.

갑자기 지진이 일어나고 화산이 폭발하는, 그야말로 천재지변의 상황이 닥쳐오자 이들은 지극히 큰 혼란에 빠진 상태였다.

"이 섬 가라앉는 거 아니지? 그렇지?"

"주, 주인님. 지금 당장 이 섬을 빠져나가요."

혼란에 빠져 말하는 캐넌과 쿠우카를 일단 무시하며 이델은 당장 움직일 것을 주문했다.

"우선 배가 있는 곳까지 서둘러야 합니다."

"동감이네."

하프만은 용암이 뿜어져 나오는 화산을 보며 굳은 얼굴로 말을 내뱉었다.

쿠와앙!

천지가 흔들릴 정도의 소리와 함께 무수한 화산탄이 하늘위로 치솟았다. 화산탄들이 사방으로 낙하하면서 섬 곳곳에서 폭음이 연신 울리고 곳곳에서 화재가 발생했다.

"모두 조심해!"

남들보다 먼저 화산탄 중 일부가 일행이 있는 방향으로 날아오는 것을 본 이델은 창공검을 전개한 상태에서 하늘을 향해 참격을 날렸다.

참격에 요격된 화산탄이 터지면서 무수한 불씨와 달아오른 돌이 주변에 낙하했다.

— 에어리얼 실드.

로스틴이 방어 주문을 전개해 파편에 의해 다치는 일은 피할 수 있었지만 주변에 금방 불이 붙으면서 일행은 해안가에 바싹 붙어 이동할 수밖에 없게 되었다.

그런데 이때, 갑자기 섬 전체가 크게 흔들리기 시작했다. 사물이 마치 좌우로 번갈아 이동하는 것처럼 보일 정도로 커다란 진동과 함께, 바다 밑에서 거대한 검은 그림자가 서서히 커지는 것이 보였다.

"설마……."

한시가 급한 상황이었지만 이델은 수면에서 눈을 떼지 못했다. 그건 다른 이들도 마찬가지였다.

좌라라랏!

물살을 가르며 모습을 드러낸 건 광택이 없는 녹색과 짙은 푸른색이 배합된 비늘이 도드라지는 바다뱀이었다. 아까 이델 일행이 지났던 동굴 넓이에 버금갈 정도의 거대한 몸체가 물살을 가르며 모습을 드러내는 것을 보는데 그 자체만으로도 전율을 느낄 수 있었다.

"저 생물이 그 전설의……."

"우려하던 일이 벌어졌군요."

전설에서 나온 레비아탄의 진정한 정체를 눈으로 직접 보게 된 이델 일행은 앞으로 닥칠 일을 걱정하지 않을 수가 없었다.

*　　　*　　　*

수면 위로 부상한 몸체는 거의 직경 1km에 이를 정도로 길었다. 그렇지만 그렇게 드러난 몸체는 겨우 일부에 불과하니 전체 크기는 감히 가늠할 수 없었다.

몸체가 물 위로 부상하고 이윽고 레비아탄의 머리가 드러났다.

"히익."

레비아탄의 실체를 본 쿠우카가 엉덩방아를 찧는다. 하지만 그 누구도 거기에 신경을 두는 이는 없었다.

하늘 높게 치솟은 레비아탄의 머리가 갑자기 이델 일행이 있는 곳으로 향하였다.

'노려보고 있다.'

레비아탄의 거대한 눈동자에서 이델은 뱀 고유의 분위기와 살기가 내포되어 있음을 느꼈다. 그리고 그 시선의 끝엔 자신과 일행들이 있다는 사실을 안 이델은 황급히 외쳤다.

"모두들, 달려!"

이델은 먼저 움직여 넘어진 쿠우카를 부축해 일으켜 세웠다.

이때, 레비아탄의 안광이 번뜩이더니 정신파로 이뤄진 언령이 전해져 왔다.

— 감히 날 수천 년이나 봉인해 놓다니. 용서할 수 없다.

"지성도 가지고 있는 건가."

— 네놈들이냐, 날 봉인한 게.

레비아탄은 한없이 멀리 떨어져 있던 이델의 말 한마디를 그냥 놓치지 않았다. 그런데 지금 놈은 단단히 오해를 하는 듯했다.

이 사실을 안 이델은 레비아탄을 보며 소리쳤다.

"이봐! 우린 널 풀어준 사람들이다."

— 시끄럽다. 이 하찮은 육지의 벌레들아.

순간 레비아탄을 중심으로 엄청난 마력이 모이기 시작했다. 그러자 바다의 물이 용솟음하더니 소용돌이치며 일행을 덮치기 위해 날아왔다.

그걸 본 로스틴은 급히 마력을 끌어 올려 중간에 공격을 받아쳐 냈다.

레비아탄은 여기서 공격을 멈출 마음이 결코 없어 보였다.

이렇게 표적이 되어버리면 바다로 배를 타고 나갈 수가 없다. 바다에서의 전투는 훨씬 어려울 게 뻔했기 때문이었다.

정말로 이 섬을 안전하게 벗어나려면 어떻게든 레비아탄의 주위를 돌려야 했다.

"모두들!"

이델의 목소리에 순간 모두 그를 보았다.

집중된 시선을 느끼며 이델은 결연하게 말하였다.

"제가 시간을 벌겠습니다. 모두들 배가 있는 곳으로 어서 가세요."

"그럴 순 없어요."

"시간이 없어!"

이올라의 만류에도 불구하고 뛰던 방향을 바꾼 이델은 곧바로 레비아탄의 몸체 쪽으로 향했다. 수면을 에어 워크의 기법으로 밟으며 쭉 나아간 그는 창공검을 힘껏 전개했다.

그리곤 눈앞에 보이는 부위를 향해 강하게 검격을 휘둘렀다.

"이럴 수가!"

나름 회심의 일격이었다. 그럼에도 불구하고 방금 창공검이 지나간 자리에 남은 건 겨우 살짝 베인 정도의 상처뿐이었다. 동굴에서 마주친 괴수들이 가졌던 튼튼한 비늘을 레비아탄은 온몸에 두르고 있으니 당연한 결과라고 한다면 할 수 있을 것이었다.

이델은 자신의 공격이 실패했음에도 그대로 물러나지 않았다.

수면 위로 드러난 몸체로 뛰어오른 후 다시 한 번 힘껏 몸체를 찔러 보려 했다. 그러나 레비아탄의 몸부림에 의해 생긴 거대한 파도로 인해 공격이 빗나가 버리고 말았다.

"푸화!"

물에 빠진 이델은 입에 들어온 짜디짠 바닷물을 뱉어내며 수면 위로 다시 떠올랐다.

머리만 내민 상태에서 이델은 급히 주변을 보았다. 그런데 그의 예상과는 상황이 진행되고 있었다.

"각오해라."

어느 틈엔가 본래의 모습으로 변한 하프만이 물속으로 들어온 상태에서 해머의 뾰족한 뒷부분으로 레비아탄의 몸체를 가격해 대고 있었다.

그리고 캐넌이 꿈틀거리는 레비아탄의 몸체에 달라붙어 연신 날이 선 손톱으로 공격하는 것도 볼 수 있었다.

— 아이스 스톰!

이 와중에 극한의 빙결 폭풍이 레비아탄의 머리 부분을 뒤덮었다. 급격한 온도 저하에 따라 몸에 묻은 바닷물이 결빙되기 시작했다.

하지만 레비아탄에게 이것은 큰 타격이 아니었다.

"카아아앗!"

과거 들은 적이 있는 드래곤 피어를 방불케 하는 울음을 터트리며 아가리를 크게 벌린 레비아탄은 공중에 부유 마법으로 떠 있는 로스틴을 향해 새하얀 운무를 뿜어냈다.

— 이건.

운무를 피해 비행한 로스틴은 로브 자락 한쪽이 꽝꽝 얼어 유리처럼 깨져 나가는 것을 볼 수 있었다.

"스톰 디바이드!"

연달아 날아간 녹색의 참격이 레비아탄의 몸체 곳곳에 명중하였다. 그러나 상처는 얕았다. 그렇게 공격을 한 이올라는 대검을 잡곤 허공을 박차 막 수면으로 떠오르는 몸체 위에 올라탔다.

다시 잡은 위치에서 이올라는 오러를 전력으로 내며 계속하여 공격했다.

이러한 모습을 보며 이델은 속으로 침음을 삼키지 아니할 수 없었다.

'전설에 나오는 것보다 훨씬 위험한 괴물이다. 대체 어떤 수로 저런 괴물을 봉인할 수 있었던 거지.'

레비아탄이 강할 것이라고는 생각했지만 이 정도일 줄은 몰랐다.

아무튼 가만히 있을 수만은 없었기에 이델은 해변까지 나온 뒤 성검에 각인된 주문을 발동시켰다.

"앱솔루트 홀드!"

순간 몸에서 엄청난 마력이 빠져나가면서 거대한 빛의 고리가 만들어졌다. 그것은 곧 레비아탄을 속박하였다.

갑자기 몸을 움직이지 못하게 되자 레비아탄은 크게 몸부림을 치는 동시에 마력을 본능적으로 일으켜 이델의 마법에 저항했다.

"크읏!"

레비아탄의 저항이 전개된 마력을 타고 전해져 오자 이델은 양손으로 성검을 굳게 잡고 몸을 힘껏 지탱해야만 했다.

앱솔루트 홀드로도 움직임을 봉쇄하는 것은 점점 힘에 붙여 갔다.

— 스피릿 오브 라바.

"스톰 폴!"

"이야아압!"

맨 처음 불의 악령들이 레비아탄을 덮치고 이어 이올라의 일격이 묵직하게 수직으로 낙하한다. 하프만이 전력으로 휘두른 일격에 맞은 부위가 움푹 파인다. 그 공격들에 레비아탄의 몸체가 크게 요동쳤고 머리 부분도 휘청거렸다. 잠시지만 혼란에 빠져 이쪽을 공격할 여력이 없어 보였다.

잠시의 시간이 생기자 말하지도 않았는데 모두 한자리로 모였다.

거인으로 변한 하프만의 몸에는 레비아탄과 몸을 직접 부딪치느라 생긴 적지 않은 상처들이 새겨져 있었다.

"내 힘으로도 막을 수 없는 괴물이라니. 정말이지 엄청난 놈이군."

"지금은 감탄할 때가 아닌 것 같은데요. 잠깐 시간을 벌었을 뿐이지, 놈이 정신을 차리면 다시금 공격해 올 겁니다."

이델은 하프만의 말에 맞장구를 친 다음 지상에 착지한 로스틴 쪽을 보았다. 지금 그에게 전달해야 할 중요한 말이 있었다.

"아까도 말했지만 여긴 제게 맡기고 가서 배를 띄워주십시오."

— 혼자선 무리네.

"어차피 이대로 배를 타고 바다로 나가 봤자 속절없이 당할 뿐입니다. 제게 생각이 있으니 한 번만 믿고 따라주세요."

"믿어도 되겠나."

"물론입니다."

하프만의 물음에 이델은 한 치의 망설임도 없이 대답했다.

이때, 앱솔루트 홀드 주문이 레비아탄의 마력에 의해 소멸

되었다. 그것을 보고 이델은 급하게 품 안에 넣어두었던 성물을 이올라에게 던졌다.

"가지고 가. 만에 하나 잘못돼도 누군가 한 명은 그걸 가지고 돌아가야 돼."

"꼭… 무사히 돌아오시길."

이올라는 이델의 선택을 이번에는 막을 수 없었다. 그것은 지금 자신을 보는 눈동자에서 굳건한 결의가 엿보였기 때문이다.

─ 없애 버리겠다!

그사이 혼란에서 벗어난 레비아탄이 이델 일행을 노려보았다. 다시 한 번 무지막지한 물 소용돌이가 하늘로 연달아 치솟기 시작했다.

"어서!"

"가요."

이델의 외침이 들리자 이올라는 제일 먼저 앞장서 뛰었다. 그러자 기다렸다는 듯이 반쯤 얼이 빠져 있던 쿠우카가 뛰었다.

"기다릴게!"

"무운을 빌겠네."

캐넌과 하프만, 타우타도 차마 떨어지지 않는 발걸음을 떼어 자리를 떠났다.

마지막으로 남은 로스틴은 그냥 떠나지 않았다. 그의 마법이 연달아 완성되고 이델의 몸에 여러 보조 강화 주문이 부여

되었다.

― 용사의 힘을 저 괴물에게 보여주고 당당히 돌아오게.

"예!"

로스틴의 응원에 이델은 힘껏 응답하였다. 그리고 투지를 한껏 끌어 올렸다.

멀리 도망치는 일행을 레비아탄은 보았다. 한 명이라도 살려 보내지 않겠다는 듯 만들어진 물 소용돌이의 끝이 일행이 향하는 방향으로 향했다.

이델은 그것을 저지하기 위해 오러를 검에 집중시켰다. 엄청난 기운이 담긴 성검이 은은하게 떨려왔다.

"간다."

전심전력을 담아 이델은 힘껏 검을 앞으로 쭉 뻗었다.

하늘빛 궤적이 이 검의 움직임에 의해 만들어져 앞으로 나아간다. 언뜻 보기엔 오러를 이용한 원거리 참격이라 할 수 있었다.

그러나 잠시 후 놀라운 변화가 오러의 참격에 찾아왔다.

마치 하늘 그 자체가 참격이 되는 것처럼 날아가던 참격의 크기가 점점 커져갔다. 그것은 하늘과 동화하여 그 위력을 극대화할 수 있는, 이델만이 만들 수 있는 기적이었다.

'천공의 궤적.'

이델이 자랑하는 최강의 기술이 바로 지금 시전된 것이다.

*　　　*　　　*

레비아탄을 향해 뻗어간 천공의 궤적은 레비아탄의 몸체보다 커졌다. 이것은 곧 물 소용돌이를 가르고 본체를 노리고 날아들었다.

"카아앗!"

지금까지와 다르게 위기감을 느꼈는지 레비아탄은 날아드는 천공의 궤적을 막기 위해 남아 있는 물 소용돌이를 거기에 집중시켰다.

콰아아아!

오러와 마력이 실린 물 소용돌이가 격돌하면서 엄청난 굉음이 울려 퍼졌다.

"크윽."

천공의 궤적이 그 크기를 키울수록 이델에게 주어지는 부담은 컸다. 더군다나 그것을 지속시키는 것도 쉬운 일이 아니었다.

조금씩 조금씩 천공의 궤적이 밀리기 시작하고 하늘빛 형체에 균열이 가기 시작한 게 보였다.

'한계인가.'

더 이상 버틸 수 없다고 느낀 이델은 일순간 힘을 뺐다. 그러자 천공의 궤적은 산산조각 나 시퍼런 하늘 사이로 녹아들어갔다.

한편, 천공의 궤적과 격돌하였던 물 소용돌이 역시 마력을 잃고 사방으로 퍼져 나갔는데 그 수량이 보통이 아니었다.

"플라이!"

졸지에 엄청난 물에 휩쓸릴 뻔했던 이델은 사람 키보다도 높은 파도를 아슬아슬하게 피할 수 있었다.

"호언장담했는데, 역시 안 되는 거였나."

자신의 최종 궁극기라면 그래도 어느 정도 통할 것이라고 생각했다. 그러나 결과는 참담할 따름이었다.

쓰디쓴 미소를 입가에 그리며 이델은 레비아탄을 보았다.

"그래도 시간은 벌었으니 불행 중 다행이라고 해야 하나."

지금 상황이라면 정면으로 맞대결은 어리석은 짓이었다. 잠시 뒤를 힐끔 본 이델은 공중에서 내려와 곧장 섬 안으로 내달리기 시작했다.

이델이 이동하는 모습을 본 레비아탄은 거대한 몸체를 움직여 뒤를 쫓기 시작했다.

'예상대로 움직여 줘서 고맙다고 해야 하나. 큭, 이런!'

바닷물이 응결되어 무수한 창으로 화해 하늘에서부터 쏟아져 내려오는 모습을 본 이델은 다급히 아래로 내려갔다.

우두두둑.

나무들을 방패삼아 정신없이 도망치는 가운데 이델은 화재 현장 안으로 뛰어들게 되었다. 뜨거운 열기 속을 달리는데 주변으로 얼음 창이 쏟아졌다.

불과 얼음이 만나면서 엄청난 증기를 만들었다. 앞이 제대로 보이지 않는 상황에서 도망치는 일이 여의치 않았지만 이델은 필사적으로 앞으로 달렸다.

— 놓치지 않는다.

레비아탄의 정신파가 들리는 가운데 멀리서부터 뭔가 심상치 않은 소리가 들려왔다.

그 소리는 바로 거대한 파도가 육지를 향해 밀려오는 소리였다.

"큭, 아주 이 섬을 날려 버리려고 작정한 모양이군."

에어 워크로 나무 위까지 뛰어오른 이델은 거대하게 밀려오는 파도를 볼 수 있었다.

대부분의 몸체를 수면 위로 꺼내 꼿꼿이 세운 레비아탄의 키조차 뛰어넘는 파도는 해안을 휩쓸며 섬 안으로 빠르게 접근했다.

이 와중에도 이델은 자신보다 동료들의 안위를 먼저 생각했다.

'다들 무사할까. 무사히 배를 타야 할 텐데…….'

이런 생각을 하는 사이 이델은 어느 사이엔가 화산의 언저리까지 오게 되었다.

바로 눈앞에 용암이 흘러 내려오는 게 보였기에 이델은 걸음을 멈출 수밖에 없었다.

"앞에는 용암, 뒤에는 홍수가 난 땅인가. 이거야말로 진퇴양난의 상황이군."

뒤쪽에선 땅이 흔들리는 소리가 들려왔다. 그리고 레비아탄의 머리가 가까워지는 것을 볼 수 있었다.

"콜 라이트닝!"

마력으로 만들어진 번개가 레비아탄의 몸체를 타격한다. 하지만 그 정도론 씨도 먹히지 않는다.

이 사실을 이델도 잘 알고 있었다.

"차라리 마왕이랑 싸우는 게 낫지. 도무지 공략할 방법이 안 떠오르는걸."

마치 어느 정도 나이 먹은 드래곤과 싸우는 기분이다. 뭐, 실제로 싸워본 적은 없지만 말이다.

애초에 드래곤이 세계에서 최강의 생명체로 군림할 수 있는 이유가 길고 긴 세월을 살아가면서 터득한 지식과 타의 추종을 불허하는 어마어마한 마력, 그리고 거대한 육체이다. 이러한 요소는 레비아탄도 모두 만족하고 있다.

"천공의 궤적도 통하지 않는 저놈을 무슨 수도 상처 입힐 수 있을까."

부글부글.

뒤쪽에서 심상치 않은 소리가 들려온다. 벌써 이델이 있는 근처까지 용암이 흘러내린 것이다.

'잠깐, 용암이라고?'

불현듯 이델의 머릿속에서 한 가지 아이디어가 떠올랐다. 그건 레비아탄을 쓰러뜨릴 만한 묘수였다.

이델은 질끈 입술을 깨물고는 용암이 쏟아져 내려오는 화산 쪽으로 몸을 날렸다.

— 어디에 있는 것이냐!

레비아탄은 그야말로 숲을 깔아뭉개며 전진하였다. 곧 놈은 섬의 중심까지 근접하였다.

뒤를 쫓는 레비아탄을 향해 이델은 일부러 큰 소리로 외쳤다.

"이쪽이다!"

이델의 목소리에 레비아탄은 바로 반응을 보였다. 놈은 얕은 물바다를 가로지르며 빠르게 접근해 왔다.

의도적으로 놈을 유인하는 데 성공한 이델은 용암 위를 거의 날다시피 이동하였다. 그러다가 올라설 수 있는 바위를 발견하고 일단 그곳에 착지했다.

"테라 브레이크."

이델은 좀 떨어진 곳을 향해 마법을 행사했다. 강력한 파괴력이 펼쳐지자 그 일대의 용암이 사방으로 밀려나고 암석이 파괴되어 점점 땅에 커다란 구멍이 생겨나기 시작했다. 그렇게 전개된 마력은 구멍을 파가며 땅 아래쪽으로 계속 이동해 갔다.

그걸 눈으로 지켜본 이델은 살짝 고개를 끄덕이며 작게 중얼거렸다.

"하나는 됐다."

나름 목적을 가지고 힘을 행사한 이델은 다시 허공으로 몸을 띄웠다.

에어 워크로 산 위로 향하며 이델은 같은 방식으로 몇 번의 작업을 더 행하였다. 이렇게 사용한 마력은 소멸하지 않고 땅속에서 약간의 맥동을 펼치며 때를 기다렸다.

어느 순간 레비아탄의 그림자가 갑자기 이델의 몸을 덮었다.

ㅡ 거기 있었구나!

"칫, 들켰나."

아직 조금 더 시간이 필요했다. 그러나 레비아탄은 이런 이델의 사정은 알 것 없다는 듯이 마구 마력을 행사했다.

"배리어!"

이델은 바로 방어 주문을 전개해 날아오는 얼음의 창들을 막았다. 하지만 공격은 여기서 끝나지 않았다. 허공에서 물방울들이 모이더니 사람의 형상을 취했다.

"물의 정령들인가."

레비아탄이 소환한 물의 정령은 무려 아홉이나 되었다. 곧 이들은 이델이 있는 곳을 향해 쇄도해 왔다.

배리어가 잠시 방어막이 되었지만 정령들의 힘 앞에서 결국 무너졌다. 그 순간, 이델이 빠르게 내지른 참격에 물의 정령 셋이 실체를 잃고 사라졌다.

"당할까 보냐."

이델은 말을 내뱉음과 동시에 위로 뛰었다.

콰아앙!

정령이 화하여 만들어진 수류의 창들이 이델이 자리하고 있던 바위를 산산조각 냈다. 이때 물의 일부분이 용암과 접촉하면서 증기가 치솟았다.

'지금!'

이델은 눈이 아닌 기감으로 정령의 실체를 쫓았고 검을 뿌렸다. 하늘빛 참격이 사방으로 날아들자 주변에 떠 있던 물의 정령들이 삽시간에 사라져 버렸다.

이런 모습에 레비아탄은 진한 분노를 표출했다.

"카아아앗!"

지성도 있고 마력도 뛰어나지만 그것을 제대로 활용할 만한 재주는 없는 모양이다. 이 점만큼은 드래곤과 달랐고 상대가 결국엔 한낱 마수라는 것을 인식할 수 있게끔 해주었다.

하지만 그러함에도 놈은 더 이상 섬 안으로는 들어오지 않았다. 용암이 앞에 있었기 때문이다.

그걸 본 이델은 더욱 확신을 얻을 수 있었다.

"이크."

잠깐 딴생각을 한 사이에 그만 오러 운용이 흩어지고 말았다. 하마터면 펄펄 끓으며 내려오는 용암의 강에 빠질 뻔했다.

조금만 아차 실수하면 뼈도 남지 못할 수 있는 곳에 있다는 것을 새삼 느끼며 이델은 다시금 전진했다.

콰앙!

'앞으로 한 곳.'

정상에서 그리 멀지 않은 곳까지 도달한 이델은 이미 기진맥진한 상태였다.

이곳까지 올라오는 동안 몸에 있던 마력과 체력을 상당히 소모했고 또 용암이 만들어내는 뜨거운 열기는 지척에서 계속 받았기 때문에 이렇게 된 것이었다.

— 하찮은 벌레 따위!

숨 돌릴 틈도 없이 레비아탄이 멀리서부터 공격을 해온다. 이번에는 직접 냉기의 브레스를 뿜어내었다.

여기선 최소한의 힘으로 공격을 막아야 했다.

"그쪽이 냉기라면 이쪽은 불과 땅의 힘이다."

나인 오브 포스 볼트.

이델은 완성된 마법을 각각 용암이 흐르는 곳으로 날렸다. 그리고 바로 다음 주문을 이어 완성시켰다.

"베일 오브 윈드!"

마법의 충격파로 인해 솟구친 용암들이 이델의 주변에 전개된 기류에 휩쓸리기 시작했다. 그러자 마치 용암이 이델을 지키는 것 같은 형국이 됐다.

싸아아아.

덮쳐온 냉기와 용암이 만나자 방금까지만 해도 엄청난 열기를 내뿜던 용암이 다시 딱딱한 돌로 변형되어 갔다.

"휴, 살았다."

돔 형태로 굳어버린 돌을 부수고 이델은 밖으로 나왔다.

지금이 절호의 기회였다.

"테라 브레이크!"

아까 화산을 올려다보았을 때 마지막으로 점찍어둔 장소를 향해 마법을 날린 이델은 등을 돌려 레비아탄을 보았다.

"이제 남은 일은 하나뿐이다."

어쩌면 레비아탄을 쓰러뜨릴 수도 있을 방법을 성공시키기 위해 이델은 곳곳에 심어진 자신의 마력을 느끼면서 산 아래로 내려갔다.

*　　　*　　　*

"이델은 무사할까."

"……."

캐넌이 걱정하며 하는 말에 이올라는 아무 대답도 해주지 못했다.

아까 전 갑작스런 대 파도에 본의 아니게 섬에서 떠밀려 나오게 된 블루 시드 호에 탑승한 모두가 지금 공통된 마음을 가지고 있었다.

"반드시 돌아올 것이야."

"하프만 대장님."

걱정하는 캐넌의 머리를 쓰다듬으며 하프만은 검은 연기를 뿜어내는 화산과 화산이 있는 섬을 보았다.

현재의 위치에선 레비아탄의 거대한 몸체가 아주 작게 보일 뿐, 싸움의 현황은 알 수 없었다. 그렇다고 섬 가까이에 갈 수도 없었다.

자칫 잘못해 레비아탄에게 들키게 되면 이델이 한 모든 수고가 수포로 돌아갈 수 있었기에 그럴 수밖에 없었던 것이다. 그러니 지금으로썬 이델이 오기까지 이곳을 떠나지 않는 게 이들이 할 수 있는 최선이었다.

꾸욱.

아무것도 할 수 없다는 사실에 이올라는 주먹을 피나도록 쥐었다. 그런 모습을 뒤에서 지켜보던 캐넌 역시 평소의 그녀와 다르게 활달함을 잃고 안타까운 표정을 감추지 못했다.

"큰, 큰일이에요."

쿠우카가 갑자기 다급하게 달려오자 모두가 그쪽으로 시선을 옮겼다.

한순간 주목을 받은 쿠우카는 배 뒤쪽을 손가락으로 가리켰다. 이에 모두의 시선은 손가락이 가리키는 방향을 향했다.

그곳은 망망대해였다. 그런데 그 바다에 블루 시드 호 말고 다른 배들이 있었다.

"마왕군?"

배의 마스트 끝에 달린 깃발은 분명한 마왕군의 것이었다. 출몰한 배는 무려 아홉 척이나 되었고 하나같이 전투함이었다.

"이럴 수가, 저들이 어떻게 이곳에 나타난단 말인가."

"어쩌지, 언니."

뜻밖의 상황에 하프만도 이올라도 곧바로 상황 판단을 못했다.

그때였다.

가장 앞서서 블루 시드 호에 접근하던 범선에서 누군가가 마족어로 말을 전달했다.

"투항해라. 그러면 목숨은 구명해 줄 것이다."

"저자인가, 지금 말한 게."

갑판 위로 무장한 수병들이 서 있는 가운데 유독 눈에 띄는 이가 있었다. 그는 바로 일전 일행이 탄 로이아스의 눈물과 충돌하였던 크라켄 해병 전단의 리자드 맨 마법사 놀칸이었다.

처음으로 그를 보았지만 오러 유저인 이올라는 바로 상대가 대마법사급 마력을 가진 자라는 것을 눈치챘다.

이때, 동력실에 있던 로스틴이 수상한 낌새를 느꼈는지 갑판 위로 올라왔다.

― 무슨 일인가.

"적입니다."

― 적이라고?

로스틴은 곧 마족들이 탄 배를 보았다. 그 순간 그의 몸에서 검은 마력이 피어올랐다.

― 마족들이 감히 여기가 어디라고.

"잠시만, 잠시만 기다려 주세요."

이올라는 로스틴의 행동을 사전에 막았다. 거기엔 그만한 이유가 있었다.

이올라는 모두에게 그 이유를 설명했다.

"지금 이들과 싸운다면 이델이 돌아올 때까지 이곳에 있을 수 없어요."

"으음, 그렇군."

반드시 이델이 돌아온다고 믿었기에 하프만은 이올라의 말에 고개를 끄덕였다.

하지만 이때, 쿠우카가 겁에 질려 반대 표시를 했다.

"이대로 잡히면 우리 모두 죽은 목숨이라고. 난 여기서 죽기 싫어."

"방법이 있을 겁니다."

"무슨 방법이? 저 많은 상대와 어떻게 싸우겠다고……."

퍽.

육중한 타격 소리와 함께 쿠우카의 말이 끊어졌다.

정확히 스트레이트 펀치로 쿠우카가 나불거리는 것을 막은 타우타는 오랫동안의 침묵을 깨고 말하였다.

"전 이올라 님을 따를 것입니다. 어떤 선택을 하든지 말입니다."

"나도!"

캐넌도 겁먹지 않았다는 것을 보여주기라도 하려는 듯이 밝은 모습을 보이며 함께한다는 뜻을 내비쳤다.

이에 이올라는 희미하게 미소를 그렸다.

이런 사이에도 마왕군의 배들이 전진해 왔고 주변을 포위했다.

"요상한 배에 타고 있군그래. 쫓느라 고생 좀 했는데 겨우 네놈들뿐이냐."

다른 배에서 전에 봤던 오우거 오러 유저인 킨자루가 나타났다. 거기에 또 다른 배에서도 대마법사급 마법사로 보이는 붉은 로브를 입은 홉고블린이 모습을 드러냈다.

아홉 척의 범선에 타고 있는 수병만 이천 정도인데 강력한 전력인 대마법사가 둘, 오러 유저 하나가 포함되니 실로 막강한 전력이 아닐 수 없었다.

이제 도망칠 기회도 잃고 말았다. 싸우느냐 항복하느냐, 두 가지 선택만이 남게 되었다.

"어떻게든 시간을 벌어야 합니다."

"그래야겠지."

이올라의 말에 동의를 표시한 하프만은 앞으로 나서며 말했다.

"어떻게 우리가 이곳에 있는지 안 것이냐."

"훗."

놀칸은 살짝 비웃음을 흘렸다.

하프만은 그 모습을 놓치지 않았다. 이런 곳까지 추적할 수 있었다는 건 뭔가 은밀히 수를 부린 게 틀림없는데, 그런 짓을 한 게 저 리자드맨 마법사라고 확신했다.

"네놈이 무슨 수작을 부린 것이냐."

"수작이라니, 말이 꽤나 천박하군."

놀칸의 근처로 한 마리의 갈매기가 다가왔다. 이를 본 로스틴은 단번에 일의 전모를 알아챘다.

― 패밀리어인가.

"메시지 마법이 아니군. 호오, 맞다. 넌 인간이 아니었지."

놀칸은 로스틴이 의사 표시로 사용하는 의념을 중간에서 훔쳐 들었다.

자신의 정체를 들켰음에도 조금도 동요하지 않고 로스틴은 놀칸의 팔뚝 위에 착지한 갈매기를 보곤 말을 했다.

— 내내 그것으로 우리를 감시했던 것인가.

"바로 맞췄다."

놀칸은 부정을 하지 아니하고 사실대로 밝혔다.

마법사들은 자신의 수하가 되어 자신 대신 눈과 귀 역할을 해줄 수 있는 패밀리어를 만들 수 있는 마법을 쓸 수 있다. 보통 새나 박쥐, 작은 짐승이 그 대상이 되는데, 놀칸의 경우엔 특별히 바닷새인 갈매기를 패밀리어로 삼았다.

놀칸은 이 패밀리어를 통해 내내 이델 일행의 일거수일투족을 감시했던 것이다.

— 나의 불찰이구나.

"후훗, 그쪽에 오러 유저와 대마법사가 있다는 사실을 일찌감치 알았던 덕분에 훨씬 수월하게 미행을 붙일 수 있었지."

— 크윽.

"그나저나 네놈들, 대체 이곳에서 무슨 짓을 벌인 것이지? 지금 저 섬에서 날뛰는 마수는 뭐냐."

놀칸은 패밀리어를 통해 레비아탄이 깨어난 사실을 이미 알고 있었다. 하지만 이델 일행이 수중 동굴을 지나서 성물을 찾은 까닭에 레비아탄이 깨어나게 되었다는 직접적인 사유는 알지 못했다.

지금 섬에서 일어나는 일은 이들 마왕군에게도 초유의 관심이었다. 그러했기에 바로 공격하지 않고 항복 권유를 한 것이었다.

"메롱! 누가 알려줄 것 같아!"

캐넌은 놀칸을 향해 혀를 내밀며 놀리듯 말하였다.

놀칸은 기분이 상했는지 혓바닥을 추릅 빠르게 내밀곤 다시 집어넣었다.

"말로는 안 되겠군."

척.

순순히 항복할 수는 없었기에 이올라를 비롯해 모두가 전투 자세를 취했다.

그러나 지금은 싸우면 안 될 때였다. 이올라는 그녀의 신념을 깨고 놀칸에게 말했다.

"잠시만 생각할 시간이 필요합니다."

"흥! 내가 왜 그쪽 입장을 생각해야 하지?"

"우리가 필사적으로 싸운다면 어느 정도 희생은 불가피할 겁니다. 그리고 우리가 싸우는 사이에 저기 저 섬에서 날뛰는 존재가 온다면 서로 공멸하게 될 테죠."

"……."

이올라의 말에 놀칸은 할 말을 잃고 말았다.

이때! 반대편의 배에 있던 킨자루가 쩌렁쩌렁하게 소리쳤다.

"뭐하는 거야! 당장 놈들을 물고기 밥으로 만들어주자고."

"잠깐! 기다려!"

"왜?"

"급할 것 없잖아. 그리고 저런 놈이 바다에 돌아다니게 된다면 매우 위험해질 거다. 그러니 놈에 관해 알아둘 필요가 있다."

"칫! 그래서 어쩌자는 거냐."

"10분만, 10분만 시간을 주지. 그 시간 동안 이쪽이 원하는 대답을 주지 않는다면 배를 침몰시키고 모두 사지를 잘라 배 위로 끌고 올릴 것이다."

놀칸의 선포에 이올라는 미미하게 고개를 끄덕이곤 등을 돌렸다.

"10분인가. 하긴 그거라도 번 게 어딘가. 수고했네, 이올라경."

"아닙니다."

이올라는 흔들림 없이 대답하였다. 잠시 그녀의 눈길은 섬으로 향하였다.

'서둘러요, 이델.'

이올라는 이델이 1분이라도 빨리 돌아오기를 간절히 염원하였다.

*   *   *

이올라와 다른 동료들이 처한 상황을 알 리 없는 이델은 아직 섬 중앙에 있었다.

"하아앗!"

기합과 함께 연속으로 성검이 각각 궤도를 바꾸면서 휘둘러졌다. 직접적으로 검이 스친 자리엔 상처가 남겨지고 피가 흘러나왔다.

레비아탄의 피는 산성을 띠고 있어 닿는 것도 꽤 위험했기에 이델은 그 자리를 서둘러 피했다.

쿠드드득.

대지가 흔들리고 거대한 몸체가 이델이 있는 쪽으로 진격했다.

"깔릴 순 없지!"

곧장 몸을 띄우는데 위쪽에서 새하얀 운무가 쏟아져 나왔다. 레비아탄이 브레스를 다시 뿜은 것이었다.

이대로 운무에 휩싸여 얼음 동상이 될 순 없었기에 이델은 마법을 사용했다.

"블링크!"

공간 이동으로 운무가 미치지 않는 곳으로 이동한 이델은 그대로 낙하하면서 오러 스킬을 펼쳤다.

"다이브 브레이크."

이델이 충돌한 몸체가 뒤로 주르륵 미끄러진다.

레비아탄은 이런 공격에 더욱 분노하여 용트림을 하며 이델을 계속 추적했다.

'조금만 더.'

이델은 레비아탄을 화산 쪽으로 계속 유도했다. 마침 용암들도 공기와 접촉함에 따라 외부가 서서히 식고 있었기에 레비아탄은 마침내 용암을 흐른 지역까지 침범하였다.

레비아탄의 아가리가 벌려지면서 또다시 냉기가 뿜어져 나왔다. 그러자 마저 굳지 않은 용암이 급속도로 식어갔다. 이를 통해 길을 연 레비아탄은 이델을 잡아먹을 것처럼 입을 벌리고 맹추격을 하였다.

― 한입에 먹어 치워주마!

"할 수 있으면 해보시지."

레비아탄의 강한 정신파에도 굴하지 않고 이델은 지지 않고 계속 몸을 움직였다.

이때 갑자기 레비아탄의 움직임이 아까 전보다 빨라졌다.

'갑자기 빨라지다니. 날 잡아먹겠다는 게 진심이었나.'

아직 예정된 지점까지 못 왔는데 꼬리를 잡히게 생긴 이델은 결단을 내려야 했다.

결국 몸을 반전시킨 이델은 입을 벌리고 오는 레비아탄을 향해 마주 뛰었다.

"공파참!"

정면으로 날린 오러가 레비아탄의 안면을 강타한다. 하지만 전진하는 기세는 조금도 줄지 않았다. 곧 레비아탄의 벌려진 입이 이델을 위협했다.

위기에 몰린 이델은 위와 아래에서 덮쳐오는 레비아탄의 입 속에서 빠져나오기 위해 오러로 육체 능력을 강화하는 한 편, 검에 각인된 헤이스트 주문을 발동시켰다.

"순순히 먹힐 줄 알고!"

먹히기 직전, 이델은 아슬아슬하게 입 밖으로 탈출할 수 있었다. 그리고 덤으로 안쪽에다가 폭염 주문을 던져주고 나왔다.

— 잘도!

"날 잡아먹으려면 100년은 이르다, 이 바다뱀아."

입에서 검은 연기를 뿜어내는 레비아탄을 향해 이델은 조롱 섞은 말을 과감하게 내뱉었다.

인간의 말을 이해만 할 뿐, 그 구체적인 사용법은 알지 못하는 레비아탄은 자신을 조롱했다는 사실은 알지 못했다. 하지만 순순히 먹히지 않고 감히 입 속에 불을 터트린 것만으로도 충분히 자극받은 상태였다.

"이크."

레비아탄이 다시 움직이려 한다는 사실을 안 이델은 황급히 산비탈을 뛰었다.

헤이스트의 힘을 빌려 산 위로 올라가는 이델의 모습을 발견한 레비아탄은 앞뒤 가리지 않고 뒤를 쫓았다.

'이 정도면 충분해.'

원하는 위치까지 온 이델은 뛰던 것을 멈췄다. 그리고 몸에 남은 마력 전부를 집중했다.

현재 한쪽의 경사면으로 마력들이 곳곳에 뿌려져 있는 상태이다. 이 마력들은 일종의 쐐기와 같은 것이었다.

'연쇄 파괴를 일으키려면 내 전 마력을 쏟아내야 돼.'

이곳에 오는 중 배운 후대의 마력 운용 방식 덕분에 이델은 옛날 시절보다 빠르게 마력을 운용하여 마법을 완성시켜 갔다.

마력을 느낀 것일까. 바로 밑까지 쫓아온 레비아탄이 처음으로 본능에 의해 움직이지 않았다.

― 마력? 대지에 사는 벌레들이 쓰는 마법이라는 기술인가. 하지만 그딴 것으로 날 해할 수 없다.

"그렇겠지."

지금 모은 마력으로 상위의 공격 주문을 완성시켜 봤자 레비아탄을 상처 입힐 수 없겠지. 하지만 화산에서 뿜어져 나오는 엄청난 양의 용암은 어떨까.

이델은 속으로 그리 생각하며 연거푸 에어 워크를 펼쳐 수십 미터 위 상공으로 떠올랐다. 그리고 모은 마력으로 지면을 향해 마법을 쏘았다.

"스파이럴 포스 캐논!"

일반적인 포스 캐논 주문에 술식을 덧붙여 관통 효과를 강화시킨 주문이 대지에 꽂힌다. 파괴력은 오직 나선의 끝에 집중되어 눈 깜짝할 사이에 깊은 구멍이 생겨나 버렸다.

하지만 여기서 끝이 난 게 아니었다.

"리미트 해제."

화산 곳곳 깊숙이 고정되어 있던 마력들이 이델의 의념이 내린 신호에 따라 폭주를 개시했다. 그러자 마력들이 심어진 땅이 격렬히 흔들리고 균열이 생기기 시작했다.

쿠르르릉.

맨 처음 화산이 폭발했던 때의 진동이 다시금 섬 전체에 울려 퍼졌다. 그리고 잠시 후 산의 일면이 폭발하면서 용암이 분수처럼 쏟아져 나왔다.

이렇게 쏟아지는 용암이 향한 곳에는 몸체를 고스란히 드러낸 레비아탄이 있었다.

"카아아아앗!"

갑작스럽게 용암 세례를 뒤집어쓴 레비아탄은 커다랗게 울부짖었다. 수면 밖으로 나오지 않았던 꼬리 부분도 그 모습을 마저 드러냈다.

마력을 운용한다면 당장의 위기를 모면할 수도 있을 텐데 경황이 없어서일까, 레비아탄은 속수무책으로 계속해 쏟아져 내려오는 용암을 뒤집어썼다.

"생각 이상으로 잘 통했는데."

공중에서 가까스로 플라이 주문을 펼쳐 아래 펼쳐진 용암 바다에 빠지지 않은 이델은 아래의 풍경을 보며 혀를 내둘렀다.

이때, 레비아탄의 머리가 위로 올라오는 게 보였다.

"머리를 처박아주지."

남은 힘 전부를 쏟아내서라도 끝장을 볼 심상으로 이델은 마지막 남은 기력을 짜내 창공검을 성검에 전개했다.

"홀리 스트라이크."

거기에 지금까지 아껴둔 신성 주문으로 위력을 확대했다.

그 상태에서 이델은 레비아탄의 머리가 있는 곳을 향해 빠르게 낙하하였다.

이를 눈치챈 것일까. 순간 레비아탄이 고개를 돌려 이델이 날아오는 방향을 보았다.

— 네노오오옴!

"끝이다, 레비아탄!"

용암을 뒤집어쓰고 활활 타오르는 상태에서 레비아탄은 빙결의 운무를 이델이 날아오는 방향을 향해 뿌려댔다.

"천공섬!"

길게 뿜어진 참격이 운무를 반으로 갈라낸다. 그리고 앞으로 나아가 레비아탄의 콧등을 베었다. 그 순간 콧등에 커다랗게 벌어진 상처가 만들어지고 피가 솟구쳤다.

이델은 이것에서 멈추지 않았다.

타앗!

레비아탄의 몸을 밟고 다시 공중에 뜬 이델은 왼손에 아직 남은 힘을 집중시켰다. 그리고 아래로 향해 주먹을 힘껏 내질렀다.

"처박혀라!"

방금 전의 일격으로 꽤 충격을 받은 상태에서 갑자기 머리를 짓누르는 무거운 일격이 더해지자 레비아탄의 머리는 더 이상 꼿꼿이 서 있을 수 없게 되어버렸다.

쿠웅!

레비아탄의 몸 전체가 완전히 대지에 쓰러지자 그 주변으로 용암이 철철 흘러넘쳤다. 섬을 지탱하던 지반이 약해졌고 섬 전체가 바닷속으로 가라앉기 시작했다.

*   *   *

"섬이 가라앉았다니."

멀리 보기 마법으로 섬을 관찰하던 놀칸은 혀를 차며 중얼 거렸다.

한 개의 섬이 눈앞에서 빠르게 가라앉는 모습은 결코 쉽게 볼 수 있는 풍경이 아닌지라 대부분의 수병들도 섬이 가라앉 는 모습을 쳐다보느라 정신없었다.

이올라를 비롯해 블루 시드 호에 타고 있던 이들이라고 해 서 다를 것 없었다.

"이델……."

"그는 무사할 것이야."

망연한 눈빛으로 가라앉는 섬을 보는 이올라에게 그리 말했 지만 하프만의 낯빛은 결코 밝지 못했다.

"놀칸 님, 아무래도 아까 섬에서 날뛰던 마수가 섬과 함께 가라앉은 것 같습니다."

"그래? 그럼 한 척을 그쪽으로 보내서 놈의 사체를 확인하 도록 하지."

"예, 알겠습니다."

놀칸의 지시에 포위망을 갖추던 크라켄 해병 전단의 전투함 한 척이 섬 쪽으로 향했다.

곧 놀칸은 이올라와 일행을 내려다보며 말했다.

"벌써 약속한 10분이 훨씬 지난 것 같은데. 어때, 결정을 내렸나?"

"......"

이 말에 이올라는 침묵했다.

잠시 섬이 가라앉는 예상 밖의 일 덕분에 시간을 벌었지만 그것도 이제 한계였다.

"이렇게 되면 최대한 싸워볼 수밖에 없겠군."

손가락의 뼈에서 소리가 나게끔 주먹을 세게 쥔 하프만은 투쟁심을 불태웠다.

이올라도 대검의 손잡이를 고쳐 쥐며 고개를 위로 들었다. 그리곤 일행에게만 들리게끔 말을 했다.

"제가 퇴로를 열겠습니다. 그곳을 통해 탈출하십시오."

"그건 안 될 말, 차라리 내가 남겠다."

"우린 이델이 남긴 당부조차도 지켜야 하는 책임이 있습니다. 조금이라도 성공 확률을 높이려면 제가 남아야 합니다."

이런 상황에서도 자신의 주장을 요목조목 차분히 말하는 이올라를 보며 하프만은 안타까운 표정을 지었다. 그녀의 말이 틀리지 않다는 것을 그도 모르지 않았다.

"이걸 받아주십시오."

"으음."

하프만은 이올라에게서 성물을 건네받았다.

이런 상황에서 캐넌이 조심스럽게 말을 꺼냈다.

"그럼 이델은 어떻게 해⋯⋯. 그가 돌아올 수도 있잖아."

이올라는 잠시 두 눈을 질끈 감았다. 그리고는 애써 나오지 않는 목소리를 짜냈다.

"지금은 성물의 확보를 우선시해야 할 때입니다. 저와 이델은 자력으로 귀환하겠습니다."

"그럴 수가……."

말이 귀환이지, 이런 바다 한가운데에서 그것도 적에게 둘러싸인 채로 돌아온다는 것은 한없이 불가능에 가까운 일이었다.

그 사실을 알면서도 이올라는 로스틴을 보며 말했다.

"이들을 부탁하겠습니다."

— 최선을 다하지.

블루 시드 호를 움직이기 위해 자신이 필요하지 않았다면 로스틴은 자신이 이올라를 대신해 남았을 것이다. 그런 만큼 안타까움은 클 수밖에 없었다.

그 때문일까. 로스틴은 이올라를 돕기 위해 숨겨둔 패를 꺼냈다.

— 죽음의 군대여, 나의 부름에 따라 이곳에 나타나라.

로스틴의 주문이 끝나기 무섭게 검은 안개가 나타나더니 각 전투함의 갑판으로 다수의 스켈레톤들이 소환되었다.

"이게 뭐야!"

"침착해라."

수병들은 난생처음 본 언데드에 놀라 잠시 우왕좌왕했다. 하지만 노련한 마법사인 놀칸은 조금도 겁내 하지 않고 블루 시드 호를 노려보았다.

"결국엔 싸우자는 거군. 좋다, 내 아까 약속한 대로 해주지."

놀칸은 그리 말하고는 마법 주문을 외기 시작했다. 하지만 이때, 갑자기 날아든 암흑의 마법이 그의 주문을 멈추게 했다.

─ 소울 오브 밴전스. 포톤 레이. 라이트닝 스톰.

로스틴은 각각의 배에 연달아 공격 주문을 난사했다.

언데드의 출현에 이어 마법 공격까지 쏟아지자 블루 시드 호에 쏠린 주의가 다른 곳으로 잠시 분산되었다.

─ 지금 내가 할 수 있는 최대한의 도움이네.

"감사합니다."

블루 시드 호를 운행할 정도만 남기고 모든 마력을 쏟아낸 로스틴의 조력에 감사를 표시한 이올라는 배의 난간에 발을 올렸다.

"언니, 살아와야 돼."

"걱정 마."

자신을 걱정하는 캐넌에게 희미하게 미소를 보인 이올라는 난간이 부서질 정도로 발에 힘을 집중하여 단번에 30여 미터 떨어진 적함에 침투하였다.

이미 배 위는 난리법석이었다.

─ 어둠의 종족들, 원망스럽다.

─ 너희에게도 죽음을 주리라.

마족들에게 깊은 원한을 가지고 있는 스켈리톤들은 들고 있는 낡은 무기로 수병들을 공격했다.

그 공격에 몇몇이 피를 뿌리고 쓰러지자 수병들은 급급히 뒤로 물러나는 모습을 보였다.

"겁먹지 마라. 우린 마왕군의 정예다. 고작해야 움직이는 뼈다귀에 불과한 것에 떨 것 없다."

"뼈 하나도 남기지 않고 모두 박살 내!"

사관들의 불호령이 떨어지자 곧 수병들의 눈빛이 달라졌다.

합심해서 반격을 하니 갑판에 널브러지는 부서진 스켈레톤의 숫자도 늘어났다. 원래대로였다면 로스틴이 마력이 다시 부여하는 순간 다시 일어날 수 있겠지만 지금 로스틴은 마력로에 마력을 집중시키고 있어 무너진 스켈레톤은 쓰러진 채 일어나지 못했다.

이런 모습에 이올라는 바람을 일으키는 검격을 연신 휘둘러 수병과 배를 박살 내기 시작했다.

"카악!"

"흐아앗!"

비명과 함께 오체분시된 시체들이 나뒹구는 상황에서 이올라는 놀칸을 노리고 움직였다.

마침 놀칸은 아까 로스틴이 펼친 마법을 자신의 마력으로 해제하고 있던 때였다.

"스톰 커터!"

날카로운 참격이 날아들자 배 선수 일부분이 말끔하게 베어져 바다로 빠졌다. 그러나 이올라가 정작 베려 한 상대는 멀쩡한 모습으로 다른 곳에서 나타났다.

"휴, 하마터면 죽을 뻔했군."

"환영?"

아니, 그런 것은 아니었다. 분명 기척이 있었기에 확신을 갖고 공격을 했다. 이올라는 놀칸이 자신의 공격을 피한 수단이 다른 것에 있다고 확신했다.

"그 반지의 힘인가요."

"눈썰미가 좋은 아가씨군."

단번에 자신이 소지한 마법 물품을 파악한 이올라를 놀칸은 칭찬했다.

하지만 상대의 칭찬을 기쁘게 받아들일 이유가 하등 없는 이올라는 바로 놀칸을 향하여 제 이 격을 날렸다.

"홋."

녹색의 오러를 막은 건 견고한 삼중의 배리어였다.

놀칸은 그 방어 주문 너머에서 말을 해왔다.

"보아하니 단독으로 시간을 벌 참인가 본데. 그리 쉽게 될까."

"……."

대답할 가치도 없다는 듯이 이올라는 오러의 검을 한층 강화시켜 방어 주문을 베고자 했다.

이올라가 놀칸의 배에서 싸우는 사이 블루 시드 호는 바로 그 옆을 지나려 하고 있었다.

바로 옆만 통과하면 포위망을 탈출할 수 있을 것이었다. 하지만 그것을 막으려는 듯 두 척의 전투함이 바짝 옆으로 이동해 왔다.

스켈레톤과 전투를 치르는 가운데서도 배를 움직여 방해를 하는 움직임은 적이지만 감탄할 만한 것이었다.

그러나 지금은 마냥 감탄만 할 수 있는 상황이 아니었다.

"이런!"

앞이 막히자 하프만은 안타까운 표정을 지었다.

힘으로 돌파하고 싶어도 이 배에는 무장이 전혀 되어 있지 않았다. 그렇다고 오러 유저도 아닌 보통의 전사들만 남은 현재, 바다라는 불리한 지형에서 싸울 방법은 없었다.

그런 데다 뒤에서 배들이 다가왔다.

"이깟 수수깡 같은 놈들로 어찌 해볼 생각이었나, 앙?"

손에 쥔 두개골을 악력만으로 바스러뜨리며 킨자루가 배 밖으로 모습을 비췄다.

"후후, 나름 머리를 썼지만 이거 안 됐군그래. 자, 이제 어쩔 생각이지."

"……."

놀칸의 말에 이올라는 굳게 입을 다물었다. 지금 그녀의 머릿속에는 블루 시드 호를 탈출시키기 위한 방법에 대한 생각뿐이었다.

슥.

이올라는 갑자기 대검을 옆으로 뉘었다. 그리곤 놀칸이 서 있는 곳으로 몸을 날렸다.

"흥, 소용없다."

놀칸은 빠르게 주문을 완성해 전격을 앞으로 내쏘았다. 지근거리에서의 공격이었지만 이올라는 살짝 피해냈다.

이를 본 놀칸은 바로 손에 낀 반지의 힘을 이용해 그 자리를 벗어났다. 하지만 그것은 이올라가 노린 바였다. 단번에 앞에 있는 마스트를 수평으로 밟고 올라간 이올라는 공중을 날았다.

순간, 이올라의 대검에 녹색의 오러가 폭풍처럼 거세게 모여들었다.

거대한 폭풍으로 화한 오러의 대검을 머리 위로 들고, 이올라는 킨자루가 타고 있는 전투함을 향해 힘껏 뻗었다.

"격풍의 질주!"

검 끝에서 뻗어간 회오리바람은 점점 거대화하며 전투함을 덮치고자 했다.

"어림없다!"

이올라의 공격에 맞서 킨자루는 자신의 오러 스킬을 전개했다.

"훼일 오브 파운틴!"

킨자루가 전개한 오러와 이올라의 오러가 허공에서 격렬히 격돌하였다.

지금의 기술은 이올라가 습득한 최고의 오러 스킬이었지만 오러의 양은 킨자루가 약간 우세했다. 결국 두 오러 모두 허망하게 서로를 집어삼키며 허공에서 소멸했다.

그 모습에 이올라는 약간 창백해진 표정을 지으며 마스트 위에 착지했다.

놀칸이 부유마법으로 이올라가 있는 위치까지 올라오더니 비아냥대듯 말을 하였다.

"보아하니 킨자루의 배를 격침시켜 탈출구를 열어주려 한 모양인데 참 안타깝게 되었군그래."

"……."

"이제 또 다른 방법이 남았나. 어디 한번 해보지그래."

놀칸의 조롱하는 말에도 이올라는 관심을 두지 않았다.

포위된 블루 시드 호를 향해 무장한 수병들이 뛰어내리는 모습과 그들에 맞서 싸우는 하프만, 캐넌, 타우타, 쿠우카의 모습이 보였다.

'미안해요.'

이올라는 마음속으로 이렇게 말하였다.

자신에게 뒷일을 맡긴 이델에게 하는 사과였다.

"음?"

무기력해진 이올라를 향해 구속 마법을 펼치려던 놀칸은 문득 시야에 들어온 것에 관심을 빼앗겼다.

놀칸의 관심을 끈 것은 아까 섬의 상황을 알기 위해 보낸 전투함이었다.

"벌써 돌아오다니. 그 마수가 정말 죽기라도 했나."

애초에 레비아탄이 살아 있었다면 전투함이 돌아올 수 없다는 것을 잘 알고 있음에도 아무렇지 않게 보냈던 놀칸은 배가 귀환하는 것을 그다지 대수롭지 않게 보았다.

그런데 전투함은 어찌된 일인지 전투함들이 있는 곳까지 오면서 속도를 조금도 줄이지 않았다.

"어, 어?"

"이러다 부딪치겠다. 어서 뱃머리를 돌려!"

사태 파악을 한 수병들이 황급히 움직였지만 이미 늦은 뒤였다.

콰앙!

두 척의 배가 거세게 충돌한다. 그 충격에 이올라가 있던 마스트가 부러져 옆으로 쓰러졌다.

"이런!"

놀칸은 자신 쪽으로 쓰러지는 마스트를 보고는 급하게 자리를 피했다. 하지만 그런 바람에 자신을 향해 닥쳐오는 위험을 전혀 감지하지 못했다.

탓. 탓. 탓.

충돌한 전투함에서부터 뛰쳐나온 그림자는 공중에 하늘빛 파문을 만들며 빠르게 놀칸을 향해 다가갔다.

"아닛?"

놀칸이 뒤늦게야 이델을 알아챘지만 이미 창공검이 놀칸의 몸을 베고 지나간 후였다.

이등분된 놀칸의 시체를 뒤로하고 이델은 이올라의 근처에 착지했다.

"미안, 오래 기다렸지."

"이델, 당신은……."

정말로 무사히 돌아올 줄 몰랐던 사람이 돌아왔다는 사실보다 그저 이델의 모습을 다시 볼 수 있다는 것만으로도 이올라는 자신도 모르게 안심하는 마음을 지녔다.

이 순간의 이올라는 갑옷과 검을 들고 있음에도 불구하고 전사가 아닌 한 명의 여인이 되어 있었다.

6장

드리우는 암운

이델은 놀칸을 해치운 후 그대로 블루 시드 호로 향했다.

"하아앗!"

그야말로 쾌도난마의 기세로 하프만을 열세로 몰아가던 적들을 이델은 성검으로 베어내었다. 그의 등장에 다들 놀라지 않을 수 없었다.

"이델!"

"돌아왔군!"

다들 반가운 마음을 주체하지 못했다.

"칫."

단 한 명, 쿠우카를 빼면 말이다.

이올라까지 가세하면서 블루 시드 호를 점령하려 했던 수병

모두 시체가 되어 바다에 빠졌다.

잠깐의 여유가 생기자 캐넌이 궁금증을 참지 못하고 이델에게 질문하였다.

"대체 어떻게 된 거야."

"그건……."

말로 설명하자면 참으로 길었기에 이델은 슬쩍 말을 회피했다. 그러면서 문득 아까 일을 떠올렸다.

침몰하는 섬에서 이델을 구한 건 아이러니하게도 마왕군의 배였다.

바다에 빠지기 직전에 배 위에 올라탄 이델은 덤벼오는 적을 전부 해치우고 그중 한 명에게서 지금 블루 시드 호가 처한 위기를 알게 된 것이었다.

하지만 이런 이야기를 세세하게 하기엔 시간이 없었다.

쿵.

거대한 오우거가 갑판에 착지하는 바람에 배가 옆으로 크게 흔들린다.

블루 시드 호에 무단으로 올라탄 킨자루는 살기 어린 목소리로 말했다.

"한 놈이 늘었다고 달라질 줄 알아. 네놈들 모두 물고기 밥으로 만들어주겠다."

"글쎄다. 과연 그게 될까."

이델은 마족어를 상쾌하게 내뱉고는 곧 일행에게 공용어로 작게 의사를 전달했다.

"지금 당장 여길 빠져나가야 돼. 나와 이올라, 하프만 님까지 셋이 저놈을 막는 동안 나머지는 배를 움직여 줘."

"알았어."

"예."

말을 전달받은 캐넌과 타우타는 세 사람을 믿고 조타실과 전방 관측대로 향했다. 그리고 이때, 쥐죽은 듯이 있던 쿠우카도 슬그머니 동력실로 통하는 계단을 내려갔다.

붕붕.

킨자루가 든 곤봉이 바람을 가르며 회전한다.

"자, 어떤 놈부터 덤빌 테냐."

"내가 먼저다."

하프만은 앞으로 나섰다. 스스로 자처해 위험을 감수했던 두 사람에게 더는 부담을 주지 않겠다는 의미의 행동이었다.

"상대는 오러 유저입니다."

"걱정 말게. 지금 몸은 이렇게 작아졌어도 나는 어엿한 거인족의 전사이네."

"그렇다면."

하프만의 장담을 이델은 일단 믿어보기로 했다.

사실 대놓고 드러내지 않아서 다들 모를 테지만 현재 이델의 상태는 별로 좋지 못했다.

이델은 신성 주문을 사용해 자신과 이올라의 상처를 회복하고 덤으로 활력도 보충하였다.

그사이에 두 거대한 전사의 전투가 시작되었다.

"흐읍!"

하프만은 해머를 수평으로 크게 휘둘러 킨자루의 허리를 노렸다.

하지만 중간에서 킨자루의 곤봉이 그 공격을 차단했다.

"네놈, 거인족이었냐."

"그렇다."

"그렇다면 더욱 질 수 없지."

아무래도 빛과 어둠의 종족 사이에 힘으로 정평 난 종족이다 보니 거인족과 오우거족은 서로를 경원시하면서도 라이벌로 보는 관계였다.

그런 만큼 싸움은 뜨겁게 불타올랐다.

"힘으로 짓눌러 주지."

"그건 내가 할 말이다!"

킨자루는 오러를 다룰 수 있음에도 불구하고 거인족과의 힘대결에서 정정당당하게(?) 이기고 싶다는 욕구에 오러를 배제하고 순수한 힘으로 하프만을 상대했다.

그 덕에 하프만은 생각보다 팽팽하게 전투를 벌여 나갔다.

그런데 왜인지 이델은 이들의 싸움보다 다른 데 정신이 팔려 있었다.

"슬슬 위험한데……."

"예?"

알 수 없는 이델의 말에 이올라는 의아해하는 눈빛을 보였다.

"어서 배를 붙여라!"

"궁수대는 일단 대기해라. 킨자루 님이 맞을 수도 있다."

이번 작전에서 실질적인 지휘를 맡던 놀칸이 갑자기 비명횡사하는 바람에 잠시 우왕좌왕하던 수병들이 중간 지휘관인 사관들의 명령에 다시 일사분란하게 움직이게 된 것이다.

게다가 또 한 명의 대마법사가 탄 전투함도 가까워지고 있었다.

촤아아아.

블루 시드 호는 물살을 가르며 움직이기 시작했다.

놀칸이 탔던 배와 이델이 타고 온 배 모두 아까의 충격을 상당한 파손을 입었고 그로 인해 조타 능력을 잃어 물살을 휩쓸려 떠내려간 덕에 조금이긴 하지만 길이 열렸다.

그러나 그전에 먼저 수십 명의 수병이 갑판 위로 뛰어내렸다.

오러 유저에겐 별것 아닌 상대지만 문제는 지금은 제대로 힘을 낼 수 없다는 것이었다.

"우와아아!"

고성을 내지르며 달려드는 오크를 단칼에 베면서 이델은 아까 배를 타고 오면서 겨우겨우 모은 마력을 짜내 충격파를 만들어 앞에 달려오는 적들에게 명중시켰다.

충격파에 얻어맞은 수병들은 그대로 갑판 밖으로 날아가 물속에 빠졌다.

이델이 한쪽을 막는 사이에 이올라도 아까 이델의 도움으로 얻은 활력을 바탕으로 대검을 어지러이 휘두르며 적들을 소탕해 갔다.

한편, 몇몇은 겁도 없이 킨자루와 싸우는 하프만의 등을 노렸다.

'지금이다.'

한 명의 눈짓에 다른 수병들은 커클러스를 들고 하프만에게 달려들었다.

하지만 이런 습격을 하프만은 진작 눈치채고 있었다. 공격이 닿으려는 찰나 하프만은 갑자기 옆으로 몸을 피했다.

그가 없어진 자리를 대신 채운 건 무지막지한 힘으로 휘둘러지는 곤봉이었다.

"거치적거리긴."

자신의 일격에 비명횡사한 부하들은 안중에도 없이 킨자루는 다시금 하프만과 힘으로 격돌했다.

챙강.

사방에서 날아든 커클라스를 부러뜨리며 이델은 주변의 적들을 한꺼번에 베어냈다. 그러나 쓰러뜨린 수보다 더 많은 적들이 다시금 배 위로 뛰어내린다.

이델은 그 모습을 보며 그답지 않게 초조한 표정을 지었다.

"이러고 있을 시간이 없는데……."

자꾸만 다른 곳에 정신을 파는 이델의 모습은 아무리 생각해도 이상하게 보였다.

그때였다.

가장 멀리 떨어져 있던 전투함이 갑자기 물속으로 침몰하는 모습이 보였다.

"드디어 쫓아왔나."

올 게 왔다는 식의 반응을 보이며 이델은 바다 쪽을 쳐다보았다.

— 도망쳐도 소용없다!

갑작스런 정신파에 수병으로 있던 마족 일부가 괴로워하며 쓰러지거나 물에 빠졌다.

방금 전 한 척의 전투함을 침몰시킨 당사자는 물살을 가르며 그 모습을 드러냈다. 이를 본 이올라는 신음을 흘렸다.

흉측하게 일그러진 외모로 바뀌긴 했지만 지금 나타난 존재가 레비아탄이라는 사실을 이올라는 모르지 않았던 것이다.

*   *   *

이델이 날린 일격으로 용암의 강에 처박혔던 레비아탄은 놀랍게도 그 상황에서 목숨을 부지했다. 과연 전설에 나오는 마수다운 질긴 생명력이었다.

놈의 생존을 확인한 건 배를 강탈한 직후였다.

다행히 놈은 무너져 내린 화산의 암벽에 깔려 있었고 그 사이에 이곳까지 무사히 올 수 있었다. 하지만 결국엔 이렇게 쫓아올 것을 이델은 예상했던 바였다.

"카아아앗!"

레비아탄은 여러 척의 배를 보더니 다짜고짜 브레스를 뿜었다.

희생양이 된 배는 눈 깜짝할 사이에 얼음의 배가 되었다. 물론 그 배에 타고 있던 자들도 함께 얼음 덩어리가 되고 말았다.

갑작스런 레비아탄의 출현에 전투함에 탑승한 수병들은 이제까지 보였던 것과는 비교도 안 될 만큼의 혼란을 일으켰다.

"괴, 괴물이다."

갑자기 드러난 레비아탄의 꼬리가 한 전투함을 강타한다. 그 일격에 튼튼하게 설계된 전투함이 이등분되어 침몰하였다.

또 한 척이 당하자 남은 전투함들은 더 이상 블루 시드 호에 관심을 두지 않았다. 아니, 못했다고 말을 하는 게 더 정확한 말일 것이다.

"익스플로젼."

"포스 스트라이크!"

배에 탑승한 마법사들이 마법을 쏟아낸다. 하지만 이미 용암을 옴팡 뒤집어쓰고도 살아남았던 레비아탄에게 이 정도 마법 공격은 시시한 공격에 불과했다.

"다크 클라우드 소환."

상황이 불리하게 돌아가자 대마법사의 위계를 가진 흡고블린 마법사가 마법을 완성시켰다.

1차적으로 어둠의 구름을 만들어낸 이자는 바로 다음 연계 주문을 펼쳐 나갔다.

"나와라, 블랙 서번트들이여."

흑마법에서도 소환 마법에 해당되는 마법이 펼쳐지고 검은 구름에서 박쥐와 도마뱀을 섞은 듯한 거대한 마수들이 쏟아져 나왔다.

인간이 볼 때는 거대한 마수지만 레비아탄과 견준다면 이들도 작은 피조물에 불과했다.

이 블랙 서번트들은 소환자의 명령에 따라 레비아탄을 공격했다. 이들이 내뿜는 산성과 어둠의 마력은 어느 정도 레비아탄에 효과를 보이긴 했다. 그러나 이는 레비아탄의 성질을 돋울 뿐이었다.

— 바다의 제왕인 나를 이토록 능멸하다니. 모두 심해에 가라앉아 버려라!

레비아탄은 남아 있는 힘으로 바다를 움직일 수 있는 권능을 행사하였다.

이제까지 보여준 것보다도 커다란 물 소용돌이 사방에서 발생하고 파도 또한 엄청난 태풍이 왔을 때처럼 거칠어졌다.

바다 환경이 갑자기 변하자 남은 전투함들이 대형을 무너뜨리며 흩어져 갔다.

— 죽어라.

레비아탄은 소용돌이를 움직여 전투함들과 블랙 서번트들을 마구 공격했다. 그뿐만 아니라 본체를 움직여 입으로 날아다니는 블랙 서번트를 낚아 씹어 먹기도 했다.

"키를 잡아!"

"우와아앗!"

운 없게도 소용돌이가 만들어진 곳으로 흘러간 전투함이 거기에 휘말려 침몰하는 모습을 볼 수 있었다. 잠시 뒤, 또 다른 한 척이 비슷한 운명을 맞이했고 또 다른 배는 파도에 떠밀려 침몰했다.

배가 계속해서 침몰하고 블랙 서번트도 죽어버리니 마왕군의 사기는 바닥으로 떨어져 갔다.

이 와중에 블루 시드 호는 용케도 공격 한 번 받지 않고 버티고 있었다.

"큭!"

바닥이 심하게 기우는 상황에서 이델은 갑판에서 떨어지지 않기 위해 힘을 써야 했다. 그건 한참 열기를 내뿜으며 싸우던 두 전사도 마찬가지였다.

이델은 레비아탄이 나타나 날뛰는 것을 보고 조타실에 있는 타우타에게 말을 전달했다.

"전속력으로 여기를 빠져나가야 돼. 할 수 있겠어?"

"한번 해보겠습니다."

밖에서 전투가 벌어지는 와중에도 굳건히 자신의 위치를 지킨 타우타는 곧장 열려진 뱃길을 통해 블루 시드 호가 나아가게끔 했다.

이미 로스틴이 충분히 화력을 집어넣은 상태라 블루 시드 호는 곧 옆에서 밀려오는 집채도 덮칠 만한 파도도 이겨내며 엄청난 속도로 앞으로 이동했다.

마왕군의 전투함들을 유린하던 레비아탄은 홀로 이탈하는 블루 시드 호를 발견하였다. 곧 놈은 빠르게 헤엄을 쳐 근접해 왔다.

지금으로썬 싸울 수 있는 힘도 남지 않았고 장소도 매우 불리했다.

"좀 더 속도를!"

점점 가까워지는 레비아탄을 뿌리치기 위해 이델은 직접 마스트를 올라가 돛을 내렸다. 그걸 본 이올라는 자신의 오러를 바람의 특성을 갖게끔 하여 펼쳐진 돛을 향해 날렸다.

순간 돛이 팽팽하게 퍼지고 블루 시드 호의 속도가 갑자기 빨라졌다.

하지만 속도를 한층 낸 블루 시드 호의 앞에는 아직 위험한 장애물들이 남아 있었다.

"앗! 앞쪽에 소용돌이가 있어."

캐넌은 관을 통해 조타실에 있는 타우타에게 상황을 통보했다. 이에 타우타는 능숙하게 타륜을 돌렸다.

상당히 늘어난 항해술로 타우타는 절묘하게 앞쪽에 있던 소용돌이를 피하고 밀려드는 파도를 이용해 속도를 더 끌어 올렸다.

— 카아아아!

점점 블루 시드 호가 멀어지자 레비아탄은 울분이 담긴 정신파를 토해냈다.

한 번 기세를 탄 블루 시드 호는 무시무시했다. 과거 최고속의 배라는 명성답게 바다를 아무 거침 없이 질주했다. 바다에서 가장 강력한 존재인 레비아탄도 쫓지 못할 속도였다.

"휴!"

레비아탄의 모습이 보이지 않게끔 되어서야 이델은 긴장을 탁 놓을 수 있었다. 이델만 그런 게 아니었는지 이올라가 대검에 의지해 힘없이 서 있는 게 보였다.

이걸로 지긋지긋한 레비아탄과도 안녕이다.

비록 엄청난 위협이 될 수 있는 레비아탄이 살아 있다는 게 마음에 조금 걸리긴 하지만 좀 더 넓은 관점에서 생각해 보면 놈이 날뛰게 됨으로써 입게 될 피해는 이델이 아닌 현재 세계를 지배하고 있는 마족들의 것이었다.

쉽게 말해 어부지리의 효과를 얻었다고 할 수 있다.

"끝났네요."

"맞아."

이올라의 말에 대답하며 먼 바다를 보았다.

언제 격렬하게 날뛰었냐는 듯이 바다는 평온하기 그지없었다. 그런데 한 가지 문제가 남아 있었다.

"……."

킨자루는 커다란 눈을 끔뻑거리며 주변을 보았다.

레비아탄이라는 존재 때문에 잠시 정신이 다른 데 가 있던 사이, 그는 혼자 남게 되었다. 그것도 적의 배에 말이다.

이런 킨자루를 이델과 이올라는 곧 보게 되었다.

"어라?"

"저자는……."

이델과 이올라도 킨자루를 보고 황당함을 감추지 못했다. 두 사람도 워낙 레비아탄에게 정신이 쏠려 있었던 까닭에 깜빡 킨자루의 존재를 잊고 만 것이었다.

하지만 하프만은 달랐다.

"흐아앗!"

킨자루가 빈틈을 보이자 바로 해머를 휘둘렀다.

투쾅!

제대로 한 대 얻어맞은 킨자루가 손에 든 곤봉을 놓치며 배의 난간까지 밀려나 쓰러졌다.

아무리 튼튼하기로 유명한 오우거라 할지라도 거인족의 힘이 전력으로 실린 일격을 받게 된다면 즉사를 면키 어려웠다. 하지만 킨자루는 반사적으로 오러를 끌어 올려 목숨을 겨우 구명했다.

"잘, 잘도 했겠다."

눈이 뒤집힌 킨자루는 오러를 끌어내 공격을 하려 했다.

그 모습을 본 이델은 다급히 마족어로 말했다.

"잠깐, 기다려. 여기서 이 배를 파괴한다면 너도 죽는다."

"……!"

킨자루는 이델의 말에 순간 행동을 멈췄다. 아무리 폭급한 성격을 가진 그라도 말이 내포한 뜻을 이해한 것이다.

지금 있는 곳은 망망대해의 한가운데이다.

만약 여기서 배를 잃게 된다면 그대로 바다 한가운데에 표류하게 된다. 제아무리 오러 유저라도 살아남을 가능성은 거의 없다.

"내 말을 이해한 것 같군."

"제기랄."

겨우 한숨 돌리나 했더니 이제는 마족 오러 유저와 대치하는 형국이 되었다.

숫자상으론 이쪽이 유리했지만 계속된 전투로 인해 손실이 크다. 반면 저쪽은 거의 힘을 쓰지 않아 팔팔한 상태였다.

지금 싸운다면 양쪽 모두 공멸할 수 있는 상황이었다.

'지금으로썬 이게 최선이다.'

마음속으로 그리 생각하며 이델은 킨자루에게 제안을 하였다.

"여기서 싸우면 서로에게 손해일 뿐이다. 잠깐 휴전하는 게 어떤가."

"뭐? 휴전이라고?"

생뚱맞은 말을 듣게 된 킨자루는 크게 어이없어 했다.

그런 상대의 반응을 짐짓 무시하며 이델은 계속 말을 이어갔다.

"정확히 말하자면 육지에 닿을 때까지 서로 공격하지 않는 것, 이것이 내 제안 조건이다. 너도 이런 곳에서 물고기 밥이 되고 싶지 않을 테니 잘 생각해 보고 판단을 내려라."

"크윽."

킨자루는 한참을 망설였다.

마왕군의 인원으로서 그리고 오우거 족의 전사로서 적에게 고개를 숙이는 일이 힘든 일이었던 것이었다. 허나 달리 뾰족한 수는 없었다.

그리고 뭣보다 자신의 불리함을 판단할 정도의 머리가 되기에 어리석은 선택을 하지 않을 수 있었다.

"좋다, 제안을 받아들이지."

"훗, 좋아."

이로써 아슬아슬한 휴전이 블루 시도 호에서 이뤄지게 된다.

*　　　*　　　*

블루 시드 호는 보통 범선이 낼 수 없는 속도로 쭉 서쪽으로 항해했다.

후두둑.

갑자기 하늘이 어두워지고 비가 쏟아져 내리기 시작했다. 하지만 그럼에도 갑판 위에 있는 이들은 비를 피할 수 있는 선내로 들어가지 않았다.

"이제 이올라 차례야."

"예."

이델은 명상을 통해 마력을 회복시킨 후 이올라와 교대했다.

그 모습을 킨자루는 이글거리는 눈빛으로 보았다. 이쪽이 체력과 마력을 회복시키는 것에 불안감을 느끼는 모양이었다. 그렇지만 그에겐 지금 이델 일행을 막을 만한 수단이 없었다.

아까 제안받을 때와 달리 지금 이델 일행은 힘을 회복했기 때문이었다. 혼자서 오러 유저 둘과 거인족 전사와 정면으로 싸우면 백전백패한다는 사실을 킨자루는 모르지 않았다.

'젠장, 이럴 줄 알았으면 배가 부서지든 말든 아까 싸우는 것이었어.'

킨자루는 뒤늦게야 이델의 헛바닥 놀림에 자신이 놀아난 것을 알고 속으로 분통을 터트렸다. 그러나 그런들 이제 와 달라질 건 없었다.

이델, 이올라, 하프만까지 모두 갑판을 지키며 킨자루의 일거수일투족을 감시하고 있었기 때문에 감히 다른 수작을 부리기도 힘든 상황이었다.

이델은 이올라와 교대하여 킨자루를 감시하면서 속으로 킨자루를 어찌 처리할지 곰곰이 생각해 봤다.

'배 위에서 싸우는 건 역시 안 돼.'

블루 시드 호는 아주 귀중한 가치를 가지고 있다. 이런 배를 전투로 망가뜨릴 수는 없었다.

"앗! 육지다!"

관측을 하던 캐넌이 큰 목소리로 육지를 본 것을 알려왔다.

공용어였기에 말을 이해하진 못했지만 눈치로 킨자루는 육지에 가까워졌음을 알게 되었다.

킨자루는 삼 인을 두루 본 뒤에 말을 했다.

"제안대로 육지가 나타났으니 휴전은 끝인가."

"그렇군."

이쪽의 눈치를 연신 살피는 킨자루의 모습을 본 이델은 마치 선심이라도 쓰는 양 말을 했다.

"지금 이 배를 떠난다면 우리도 순순히 물러나지."

"그… 말을 믿으라는 거냐."

"들어서 손해 볼 일은 없을 텐데. 너도 목숨은 소중할 것 아니냐."

킨자루는 많이 흔들렸다. 충성도 좋지만 일단 자신이 살아남는 게 더 중요했다. 그게 바로 마족의 본성이었다.

결국 킨자루는 배를 떠나는 것을 선택했다.

"훗날 다시 마주쳤을 때는 이렇게 끝나지 않을 것이다."

"그래, 그래."

상대의 말을 흘려들으며 이델은 서둘러 킨자루를 떠나보냈다.

이런 이델의 태도를 별반 의심하지 않고 킨자루는 배 위에서 뛰어내렸다.

그것을 본 이델은 바로 타우타에게 속도를 내게 했다.

이올라는 일련의 모습을 보고는 살짝 다가와 말을 건넸다.

"이대로 보내도 괜찮을까요?"

"응? 뭐가."

"상대는 마왕군의 오러 유저예요. 그런 자를 이대로 순순히 보낸다는 게 마음에 걸려요."

이올라의 말은 분명 타당한 점이 있었다. 그런데 이델의 반응이 묘했다.

"후후, 걱정 안 해도 돼."

"그게 무슨 말이죠?"

"놈이 내린 저곳은 무인도거든. 그것도 통상 항로에서 한참 떨어진 곳에 위치한 무인도 말이야."

이델은 은밀히 타우타와 상의해 가져온 해도 중 하나의 섬으로 블루 시드 호를 항해하게끔 했다.

섬은 말 그대로 무인도로 수백 년이 넘도록 누구도 방문한 적이 없는 곳이었다. 게다가 다른 섬이나 육지까지는 엄청난 거리를 항해해야만 했다.

한마디로 말해 킨자루는 바다 한가운데에 갇힌 셈이었다.

"뭐, 아까 봤을 때 먹거리 정도는 있겠지만 탈출은 아마 힘들걸."

"그걸 미리 예상했던 것이었군요."

"뭐, 그렇지."

언젠가 적이 될 위험한 존재를 쉽게 풀어준다는 것은 생각도 못할 일이다. 배도 지키고 위험한 적도 떨궜으니 일석이조의 방책이라 할 수 있을 것이다.

이때, 하프만이 손을 내밀었다.

"놈 때문에 주는 게 늦었군."

"아."

이델은 하프만이 준 목걸이 형태의 성물을 보았다. 이올라를 거쳐 하프만의 손에 들어간 성물이 다시 이델에게 돌아오게 된 것이다.

봉인을 만드는 데 대부분의 힘을 쓰던 성물은 이제 그 역할을 할 필요가 없게 됨에 따라 다시금 예전의 힘을 되찾은 상태였다.

"이 성물은 최종 결전 때 사용했던 성스러운 무구와 비견될 정도의 힘을 가졌습니다. 게다가 능력은 봉인의 힘입니다. 결계를 만들 때 아주 유용할 거라 생각됩니다."

"다행이구만."

"그렇다면 이것으로 마왕 토벌이 가능해질까요?"

이올라의 물음에 이델은 고개를 살짝 가로저었다.

"아직은 부족해. 최소한 하나, 아니 두 가지 정도 성물이나 그에 필적하는 신성력을 가진 존재가 필요해."

"그런가요."

이올라는 살짝 실망의 빛을 내비쳤다. 그 속상한 마음을 이델은 모르지 않았다.

하여 이런 말을 꺼냈다.

"걱정 마. 성과가 입증된 이상 평의회도 더는 반대하지 못할 테고 대대적으로 탐색이 시작될 거야. 그렇게 되면 향후 몇 년 안에 마왕 토벌의 준비를 끝마칠 수 있겠지."

이델의 긍정적인 말에 이올라는 미미하게 고개를 끄덕였다.

불가능하다고만 생각했던 일이 보란 듯이 성공했다. 앞으로도 넘어야 할 산이 많지만 그래도 이로써 희망이 생겼다.

이델 일행은 이 기쁜 소식을 전하기 위해 서둘러 블루 시드 호를 타고 곤드로와 대륙으로 향하였다.

그러나 이들은 알지 못했다.

평화로운 시온에 검은 먹구름이 몰려오고 있다는 사실을.

*　　　　*　　　　*

우거진 나무로 인해 언제나 어두운 수림 팔로스의 모처에 방문객들이 비밀리에 찾아왔다.

"이제야 오셨군."

"많이 기다린 모양이지?"

색기가 묻어나오는 여성의 목소리에 처음 목소리의 주인은 잠시 침묵했다.

평소에 접선하던 자가 아니었기 때문이었다.

위기감을 느낀 것일까. 목소리의 주인은 은밀히 이 장소를 벗어나려 했다. 하지만 이때, 지척에서 새하얀 검이 그의 목젖에 아슬아슬하게 닿았다.

"크윽!"

순식간에 제압당한 자는 놀랍게도 이노센트 라이트의 부대장 중 한 명인 엘프 엘크란이었다. 그를 제압한 건 이전에 이델과 겨룬 적이 있는 탁한 회색머리의 인간 소년이었다.

"조급하기는. 하지만 걱정 마, 널 처분하려고 온 게 아니니깐."

"당신은 누구요."

엘크란은 자신의 목숨을 좌지우지할 수 있는 인간 소년이 아닌, 그 뒤에 있는 검은 가죽 재질의 착 달라붙는 옷을 입은 다크 스피리트 여성에게 말을 건넸다.

그러자 상대에게서 자기소개를 들을 수 있었다.

"제레미안 왈크레스. 그게 내 이름이야."

"설, 설마……!"

엘크란의 눈동자가 일순간 커졌다. 지금 그가 생각한 인물이 옳다면 지금 눈앞에 있는 매혹적인 저 다크 스피리트 여성은 바로 마왕 직속 부대 중 하나인 그림자 전사단의 부대장인 게 확실했다.

"당신이 어째서……."

"너에 대한 이야기는 부하에게 들었어. 참으로 충실하게 우리 개 노릇을 해왔다지."

"크읏!"

제레미안의 말에 엘크란은 격한 반응을 보였다.

그나저나 충격이었다. 다른 누구도 아닌 이노센트 라이트의 부대장이 마왕군의 첩자였다니.

그랬다. 과거 하프만이 붙잡혔던 때의 일도 모두 엘크란의 비밀 장소를 누설하여 벌어졌던 일인 것이었다.

"당신 같은 인물이 어째서 이런 곳에……."

"내가 왜 왔을 거라 생각해?"

엘크란은 대답을 하지 못했다. 지금까지는 줄곧 그림자 전사단의 첩자와 접선을 하며 정보를 제공했을 뿐, 그 위의 인물과 만난 적은 한 번도 없었다. 갑자기 이런 곳에 수장이나 되는 인물이 나타날 것이라고 생각이나 했겠는가. 그런 까닭에 그 이유를 그는 전혀 알지 못했다.

대답을 못하는 엘크란의 모습을 보며 제레미안은 혀를 찼다.

"똑똑한 자라고 들었는데 생각보다 별로인 남자이군."

"내가 그런 말을 들을 이유는 없을 텐데. 그리고 이자에게 어서 무기를 거두라고 말해주시지."

"호오."

어느 정도 시간이 흐르자 엘크란은 강하게 버텼다. 그건 나름 믿는 구석이 있었기에 가능한 태도였다.

"잊진 않았겠지? 내가 없으면 이노센트 라이트의 작전에 대한 정보를 전혀 얻을 수 없다는 것을. 그리고 시온 함락을 위해서도 내가……."

콰득!

마치 순간이동을 한 듯한 제레미안은 엘크란의 목을 한 손으로 붙잡고 단번에 나무 기둥에 처박았다. 그 충격에 엘크란은 자신도 모르게 신음을 토해냈다.

괴로워하는 엘크란을 향해 제레미안은 진득한 살의를 머금은 미소를 보이며 낮은 목소리로 말했다.

"난 혼자만 잘난 줄 아는 너희 같은 엘프들을 제일 싫어해. 그러니 내 앞에선 함부로 말을 하지 않는 게 좋을 거야."

"커, 컥!"

엘크란의 숨이 거의 넘어가기 직전에서야 제레미안은 손을 풀었다.

스르륵 쓰러진 엘크란은 격하게 기침하며 한참을 괴로워하다 겁먹은 눈으로 제레미안을 올려다보았다. 그리고 비굴하게 말했다.

"죄, 죄송합니다. 앞으로는 주의하겠습니다."

"흥, 그래야지. 그렇게 착실히 머리를 숙이고 우리를 따른다면 너와 너의 일족 모두를 살리고 이 땅을 받을 수 있을 거야."

"……."

그 말에 엘크란은 아무 대답도 못하고 고개를 푹 숙였다.

제레미안은 가볍게 웃었다. 그리고 손짓을 해 소년에게 검을 거두게 했다.

막 일어나는 엘크란의 바로 앞까지 다가간 제레미안은 슬쩍 고개를 앞으로 내밀더니 엘크란의 귀 옆에 속삭이듯 말했다.

"이번에 내가 직접 찾아온 건 슬슬 이곳을 정리하기 위함이야."

"흡!"

엘크란은 큰 충격을 받았다.

그 모습에 제레미안의 미소는 더욱 짙어졌다. 그런 그녀를 보며 엘크란은 말했다.

"어째서 지금 공격한다는 겁니까. 이곳을 공격하는 일은 한동안 없을 것이라고 전에 이야기를……."

"얼마 전에 이 근방을 감시하던 부대 중 하나가 당했거든. 이대로 마냥 손을 놓고 있기엔 슬슬 너희가 커진 것 같다고 위에서 판단을 내린 거야."

"그럴 수가."

정말로 시온을 공격하려 한다는 것을 알게 된 엘크란은 고개를 떨궜다.

그런 엘크란의 모습은 전혀 신경도 쓰지 않으면서 제레미안은 지시하듯 말했다.

"자, 그럼 내가 한 말을 알아들었을 테니 일을 바로 진행하도록 해."

"……."

엘크란은 아무 말도 하지 않았다.

지금 제레미안이 말한 일은 아무리 이미 마왕군에게 협조를 하였던 엘크란이라도 선뜻 할 수 없는 일이었기 때문이었다.

이런 망설임을 알아챈 제레미안은 엘크란의 턱을 잡으며 말했다.

"이제 와 설마 못한다고는 하지 않겠지?"

"그, 그건."

"잊지 마. 우리가 마음만 먹는다면 너의 도움 없이도 시온이라는 곳을 통째로 불태울 수 있다는 사실을 말이야."

"으윽."

제레미안의 협박 아닌 협박에 엘크란은 침통한 표정을 지으며 두 주먹을 움켜쥐었다.

지금 그에겐 선택의 여지가 없었다.

"하, 하겠습니다."

"좋아, 그렇게 나와야지."

만족스런 대답을 듣고 나서야 제레미안은 잡고 있는 엘크란의 턱을 놔주었다.

"앞으로 열흘 뒤야. 그때까지 준비를 끝마치도록 해."

말을 남기고 제레미안은 수하인 소년을 데리고 멀어져 갔다.

"빌어먹을······."

엘크란은 자신의 자존심을 무참히 깎아내린 제레미안에게 분노를 느꼈다. 그러나 그는 그녀의 지시를 따를 것이었다. 그것만이 그 자신과 일족을 살릴 수 있는 유일한 방법이라 믿었기 때문이었다.

곧 엘크란은 몸을 일으키고 자리를 떠났다.

"돌아오십니까."

"그래."

시온으로 돌아온 엘크란은 평상시와 다를 게 없었다.

감정을 철저하게 숨기고 그는 시온에 돌아왔고 은밀히 제레미안이 시킨 일을 차근차근 준비했다.

* * *

시온를 무너뜨리는 공작이 은밀히 진행되는지 모르는 상황에서 이델 일행이 무사히 도착했다.

"다녀왔습니다."

"고생 많았네."

군터는 이번에도 몸소 나와 이델 일행은 반겨주었다.

성물을 찾았다는 사실은 이미 전서구를 통해 전달했기에 긴 이야기는 필요 없었다.

그렇지만 꼭 직접 해야 할 말이 있어 현재 이 자리에 없는 로스틴을 뺀 나머지 중 이델과 부대장 직위를 가진 두 사람만 따로 군터와 자리를 했다.

"이것이⋯⋯!"

"예, 우리가 찾아낸 성물입니다."

이델은 매우 담담하게 말을 하였다. 하지만 은은한 떨림을 완벽히 숨기지는 못했다.

"이것으로 두 가지의 성스러운 물건을 확보한 셈이군."

"평의회는 어떤 반응입니까?"

"다행히 전보다는 많이 긍정적인 반응을 내보이더군. 특히 카디엘 님이 찬성 쪽으로 입장을 돌리신 게 큰 영향을 주었네."

"그렇군요."

참으로 반가운 소식이 아닐 수 없었다.

이델은 말했다.

"그럼 지원에 관한 건은 어떻게 되었습니까?"

"그것은 아직 유보 중이네. 성과가 있다고는 하지만 현실 가능한 계획이라고 생각하지 않는 의원들이 상당히 강경한 모양이네."

"후, 답답하군요."

"그래도 좋은 소식이 있네."

군터의 말에 이델을 비롯해 일행 모두가 귀를 쫑긋 세웠다.

"신성력을 지녔으리라 의심되는 존재에 대한 정보가 입수되었네."

"정말이십니까?"

이델이 가장 격하게 반응을 보였다. 이런 그에게 진정하라는 신호를 보내며 군터는 계속 말을 이어갔다.

"사실 이번 단서는 도서관의 책에서 얻은 게 아니네."

"예? 그게 무슨 말입니까."

"임무를 가지고 외부로 파견 나갔던 부대가 가져온 정보이네."

군터는 그리 말하고는 옆의 탁자에 놓인 종을 들고 가볍게 흔들었다.

종소리가 들리자 한 명의 남성이 안으로 들어왔다. 그는 반인반마 켄타우르스족이었다.

'랜드 러너?'

강건해 보이는 저 켄타우르스 남자에게서 이델은 오러의 기척을 느낄 수 있었다.

"이 친구는 아르단이라고 하네. 보다시피 오러 유저이지."

"만나서 반갑습니다."

"자네에 대한 이야기는 돌아와서 들었네. 이렇게 보니 반갑군."

말하는 것만 보면 전사라기보단 현자에 더 가까운 아르단은 일단 그 사람 됨됨이가 좋아 보였다.

그런데 이 아르단이 찾았다는 단서가 무엇일까. 이델은 그것을 제일 먼저 알고 싶었다. 해서 실례를 무릅쓰고 먼저 말부터 꺼냈다.

"아르단 님이 알아낸 정보를 듣고 싶습니다."

"알겠네."

아르단은 군터가 고개를 한 번 끄덕이는 것을 보고는 자신의 이야기를 하였다.

"나와 내 부대는 아삼 대륙에서 작전을 펼치고 있었네."

"아삼 대륙에서 말입니까?"

아삼 대륙.

남방 대륙이라고도 불리는 이 대륙은 이델이 살던 시절에는 겨우 소수의 모험자만이 방문했던 게 전부일 정도 인간족에게 미지의 땅이었다.

당시엔 그저 미개한 소수 종족이나 마수, 마물들이 사는 사람이 살 수 없는 땅이라 생각되어 관심 밖이었다.

어떤 환경에서도 잘 적응하는 트롤이나 몇몇 엘프, 수인족 부족들이 그 땅에 살기는 했다.

그러다 세월이 흐르면서 이 땅에 아주 오래전 상당히 발전한 문명이 있었다는 것을 증명하는 다수의 유적들이 발견되어 새삼 주목을 받게 되었다.

정확히 어느 종족이 세운 문명인지는 모르나 상당히 발전되었음을 증명하듯 다양한 마법 물품과 사용하는 방법을 알 수 없는 유물이 출토되었다.

그런 사실에 적지만 영역을 넓히기 가장 좋아하는 인간족이 진출하기 시작했다. 그러나 그 세월은 불과 100년도 가지 못했다.

마왕이 출현했기 때문이었다.

"현재 아삼 대륙은 트롤 로드 와싱가의 지배를 받고 있지. 물론 그가 대륙 전체를 다스리지는 않네. 그가 다스리는 지역은 어디까지나 인간족들이 만든 북부 개척지에 정도이지."

"그런데 그런 곳에 왜 가셨던 겁니까?"

"우리 부대의 임무는 이노센트 라이트에게 유용한 마법 물품을 발굴하는 일이네."

"그런 임무도 받습니까?"

"아무래도 직접 제작하는 게 어렵다 보니 과거에 만들어진 것을 회수하는 쪽에 집중하는 편이네."

아르단을 대신해 군터가 간단히 설명을 해주었다.

아삼 대륙의 유적들이 본격적으로 알려진 건 지금으로부터 약 400여 년 전이다.

많은 모험가가 이 유적들을 탐사해 보물을 챙기려 했었다. 그러나 다른 두 대륙보다 가혹한 환경과 위험천만 마수, 마물들 때문에 실제로 발굴된 건 극히 일부에 불과했다.

더욱이 마족의 세상이 되면서 이 땅의 유적들을 찾는 이는 없게 되어버렸다.

"상당히 위험하지만 그만큼 소득도 크지. 대규모 공간 이동을 가능케 한 아티펙트도 그것에서 얻었지."

"그러면 혹시 얻었다는 단서가 유적에서 나온 것입니까?"

"아니, 그것은 아니네."

아르단의 대답에 이델은 살짝 김이 빠졌다.

그렇다면 대체 그 단서라는 게 무엇이란 말인가. 살짝 옆으로 샌 이야기를 바로 잡기 위해 이델은 단도직입적으로 질문했다.

"그러면 단서는 대체 어디서 얻은 것입니까."

"음, 그게… 실은 소문이네."

"소문이요?"

아삼 대륙에는 빛의 종족도 어둠의 종족에도 속하지 아니하는 소수 종족들이 있다. 신이 만든 종족이 아니라 일부 마물이 자체적으로 진화해 오늘날의 종족이 된 이들은 명운 역전 주문의 영향을 전혀 받지 않았다.

그런 덕분에 예나 지금이나 고유의 풍습을 유지하며 자신들의 땅에서 조용히 살아갈 수 있었다.

"그들 중 아주 일부는 우리와 나름 교류를 하며 지내고 있지."

"그거 놀랍군요."

세상에 그런 종족들이 있다는 사실도 몰랐고 또 그들과 교류가 가능하다는 사실에 이델은 꽤 흥미로웠다.

"우리가 평소 길잡이를 부탁하는 페텐 족이 이런 이야기를 들려주더군. 자신들보다 훨씬 남쪽의 땅에 사는 어떤 부락에 신묘한 자가 산다고."

"그들의 말이 믿을 만한 겁니까?"

아무래도 상대가 미개한 종족이라고 생각되어지니 신뢰가 별로 생기지 않는다.

의심을 품는 이델을 본 아르단은 안면을 살짝 구기며 앞발로 집무실의 바닥을 가볍게 두들겼다. 그것은 켄타우르스족이 흥분할 때 보이는 행동이었다.

그 사실을 잘 아는 이델은 다급히 아르단을 진정시켰다.

"아, 제가 말을 좀 심하게 한 것 같군요. 죄송합니다."

"으흠."

이델이 재빠르게 사과하자 아르단은 곧 감정을 추슬렀다. 그리곤 계속해서 이야기를 마저 하였다.

"전부 다 믿기는 어렵지만 페텐 족의 말에 따르면 그자는 미래를 예언하고 죽어가거나 병든 자를 치유할 수 있는 힘을 가지고 있다고 하네."

"예언을 한다고 하셨습니까?"

"그게 좀 마음에 걸리네. 미래를 보는 건 결코 쉬운 일이 아니지 않나. 우리 켄타우르스족이 천문을 통해 자연 현상의 변화를 예견하거나 역사의 흐름을 흔들 정도의 큰일이 어느 곳에서 벌어질지 알아 맞추는 예언을 할 수는 있다지만, 페텐 족의 소문처럼 마수의 침입을 알리거나 마족 토벌대의 접근 사실을 알린다는 식의 세밀한 예언은 할 수 없네. 그러니 뜬소문일 가능성도 크다고 봐야 할 걸세."

"……"

아르딘의 충고에도 이델은 아까와 다르게 이 이야기를 진지하게 들었다.

문득 한 가지 추측이 떠올랐기 때문이었다.

'설마……'

이델이 문득 떠올린 건 바로 시간의 여신 아루스였다.

여신의 신관, 그중에서 특별한 힘을 받은 무녀는 아루스의 힘을 통해 가지 않아도 세상 모든 곳에서 벌어진 과거, 현재, 미래의 일을 아는 신비한 능력을 가졌다.

거기에 기본이 성직자이기 때문에 강력한 신성력으로 죽어가는 자나 병든 자를 살려낼 수도 있었다.

'라이아처럼 이 시대에도 아루스의 무녀가 있는 것일까.'

그런데 한 가지가 걸린다. 이 시대엔 신과의 교섭이 이뤄지지 못해 가장 기초적인 신성 마법을 쓰는 성직자도 몇 없다. 그런데 예언의 힘과 죽어가는 자를 살릴 만큼의 신성력을 가진 무녀가 존재할 수 있을까.

이델이 고심하는 모습을 본 군터는 이델의 생각을 알고 싶어 했다.

"자네가 봤을 때 이 단서가 우리의 기대에 부응하는 것이라고 생각하나?"

"글쎄요."

선뜻 장담하기에는 자신이 없었다. 그러나 그냥 넘어갈 수는 없었다.

"그렇지만 이대로 그냥 넘길 수는 없다고 생각됩니다. 다음으로 그곳을 한번 찾아가봐야 할 것 같습니다."

"자네 뜻대로 하게. 이 일은 어디까지나 자네에게 위임했으니 말이네, 단."

갑자기 군터가 엄중한 표정을 보였다. 이에 이델은 순간 긴장하였다.

군터는 말했다.

"지금 당장 출발하는 것은 안 되네. 앞으로 한 달간 푹 쉬고 그때 출발하게."

"예엣?"

한 달이라는 시간을 지내고 가라는 말에 이델은 당황하였다. 사실 그는 며칠만 쉬고 바로 여길 떠날 생각을 했던 것이다.

그런 생각은 이델만 가진 게 아니었다.

"며칠만 쉬면 충분합니다, 총대장님."

"일주일 후에 출발하면 안 되겠습니까?"

한 번 희망을 본 이올라와 하프만은 마왕 토벌을 위한 준비를 서둘러야 한다는 생각으로 날짜를 줄여달라고 청했다.

그러나 군터의 뜻은 꺾이지 않았다.

"아무리 대업이 중요해도 난 자네들이 더 소중하네. 이번에 가는 곳은 두 대륙보다 몇 배나 환경이 험한 아삼 대륙인만큼 푹 쉬고 떠나도록 하게."

"하지만……."

"이건 이노센트 라이트를 이끄는 총대장으로서의 명령이네."

이렇게까지 말하는데 이델과 두 사람은 더는 고집을 부릴 수 없었다.

뭣보다 이런 말을 하는 게 힘든 여정을 마치고 돌아온 자신들을 위해서라는 것을 알았기에 한발 물러난 것이었다.

아무튼 이델은 가져온 성물을 군터에게 전달하는 것으로 성물 탐색 임무를 마칠 수 있었다.

*   *   *

시온에 돌아온 지 일주일이 흘렀다.

그동안 푹 쉬고 잘 먹은 덕에 이델은 완벽한 컨디션을 찾을 수 있었다.

챙챙!

이올라가 기거하는 성에서 한창 검 부딪치는 소리가 울려 퍼졌다.

연습용 검으로 싸우는 것은 바로 이델과 이올라였다.

"대련하기로 약속해 놓고 이렇게 실제로 해보는 건 오늘이 처음이지, 아마?"

"그런가요."

"서로 사정 봐주기 없기야."

"물론입니다."

사적인 감정은 잠시 이 순간만큼은 완벽하게 배제할 정도로 정신 수련이 되어 있는 이올라는 말한 것처럼 매섭게 이델을 몰아붙였다.

그 공세를 막거나 흘리면서 이델은 반격을 꾀했다.

"하얏!"

중단 가르기가 날아들자 이올라는 뒷걸음질을 쳤다. 이델은 그만큼 앞으로 가면서 상단에서 하단으로 내려 베기를 취했다.

이올라는 공격을 옆으로 아슬아슬하게 흘려냈다. 그리고는 몸을 한 바퀴 돌리면서 강격을 날렸다.

'아윽.'

체면상 비명을 지르지 못했지만 이델은 속으로 신음 소리를 냈다.

비록 지금은 연습용 검을 들고 있지만 이올라의 검술 자체가 기교보다는 일격에 치중하는 스타일이라 전력을 다한 일격은 이델로서도 막는 게 버거울 정도였다.

한참 그렇게 검격을 주고받던 두 사람은 서서히 오러를 끌어낸다.

'같은 오러 유저와의 대결이다. 서로 간의 오러 기술을 제대로 알아볼 수 있는 이런 기회를 놓칠 순 없지.'

이델은 그리 생각하며 완벽한 창공검을 전개해 공격을 펼쳤다.

이를 막기 위해 이올라는 자신의 검에 오러를 덧씌웠다.

녹색과 하늘색의 오러가 연달아 충돌했다가 떨어지기를 수십 차례 반복했다.

간간이 두 사람은 자신이 가진 기술들을 선보였다. 물론 대련이기 때문에 위협이 가지 않게끔 기술을 펼쳤다.

이렇게 직접 보고 주고받은 적이 없었기 때문에 서로의 기술에 대해 확실히 알아갈 수가 있었다.

그렇게 1시간 이상 대련을 하니 지칠 대로 지쳤다.

"휴우, 오늘은 이쯤 하는 게 어때."

"예."

대답을 하는 이올라를 문득 보던 이델은 갑자기 고개를 옆으로 돌렸다.

갑옷 없이 대련을 했던 이올라는 땀을 흠뻑 흘린 상태였다. 그런데 문제는 지금 입는 옷이 움직이기 편하게 몸에 찰싹 붙는 스타일인 데다가 물에 젖으면 비치는 옷이라는 것이었다. 그런 연유로 정면으로 볼 수 없었다.

이런 이델의 행동에 이올라는 잠깐 의문을 느꼈지만 별 말은 꺼내지 않았다.

"언니."

앳된 목소리로 이올라에게 언니라는 호칭을 붙이고 쪼르르 달려오는 분홍빛 드레스를 입은 소녀가 이델 시야에 잠깐 들어왔다 사라졌다.

그 소녀는 바로 아리스였다. 놀랍게도 그녀는 두 사람이 성물을 찾으러 간 사이에 엄청나게 변해 있었다.

"기다리느라 많이 지루했지."

"아니. 언니 보고 있으면 행복해."

서툴긴 하지만 아리스는 공용어로 말을 했다.

그간 이 성의 하녀장인 올리비아가 아리스를 잘 돌봐준 결과였다.

이제는 제법 사람다운 모습을 갖추게 되고 보통의 인간 소녀처럼 모양새를 한 아리스를 야생에서 살던 소녀라고는 누구도 생각하지 못할 것이었다.

"식사하시고 가세요. 지금쯤 올리비아가 준비를 끝냈을 거예요."

"오, 그럼 염치없지만 신세 좀 질게."

이델은 이올라의 제안은 매우 기쁘게 받아들였다.

꾹.

이때, 아리스가 이델의 손을 잡았다. 이델만 보면 눈 피하기만 급급하던 예전과는 다른 반응이었다.

"손잡고 가도 돼?"

"이런 귀여운 레이디가 요청하는데 마다할 순 없지."

빙긋 웃으며 이델은 대답했다.

아리스를 사이에 두고 이델과 이올라는 성 안으로 들어가 기분 좋게 점심 식사를 했다.

식사를 끝내고 이델은 다른 선약이 오후에 있어 성을 나오게 되었다.

"조금 늦었네. 서둘러야 하겠는걸."

이델은 요즘 로이아스의 눈물에 타고 항해했을 때처럼 로스틴에게 마법을 배우고 있었다.

도시 밖에서 지내는 로스틴을 만나기 위해서는 검문소를 통과해야 했다. 그곳으로 가는 길에 이델은 낯익은 얼굴을 보았다.

'어, 저자는?'

가물가물한 기억을 더듬어 이델은 상대가 누군지 깨달았다.

'아 맞다. 엘… 엘크란이라 하던 부대장이었지.'

한 번 본 게 전부였지만 이델은 용케도 이름을 기억하고 있었다.

엘크란은 어떤 엘프와 대화를 나누고 있는 중이었다. 분위기를 볼 때 뭔가 심각한 이야기를 나누는 것 같았다.

'뭐지?'

왠지 저 모습이 신경 쓰였지만 이델은 다가가지 않았다.

엘크란이라는 자의 첫인상이 썩 좋지 않게 기억에 남았다는 점도 있었고 굳이 저기에 낄 이유를 찾지 못했기 때문에 모른 척을 한 것이었다.

'지금 내가 저런 일에 신경 쓸 때가 아니지.'

약속 시간을 지키기 위해 서둘러도 시원치 않은 판에 사사로운 일에 간섭할 여유는 없다, 이렇게 생각하고 이델은 엘크란을 모른 척하고 지나갔다.

＊　　　＊　　　＊

"그렇게 하도록."

"예, 어르신."

엘크란에게 어르신이라는 호칭을 쓴 엘프는 서둘러 떠났다.

막 몸을 돌리던 엘크란은 검문소를 통과하는 이델의 뒷모습을 보게 되었다.

"저자는."

이델과 다르게 기억력이 매우 좋은 엘크란은 단지 뒷모습을 본 것만으로 이델을 한 번에 알아봤다.

"어디로 가는 거지?"

특별한 사유 없이는 시온 밖으로 나가는 게 엄격히 금지되어 있다. 그런데 이곳에 온 지 갓 1년 넘은 자가 시온의 안팎을 들락거린다는 것은 있을 수 없는 일이었다.

게다가 이델의 행보는 엘크란에게 있어 예전부터 신경 쓰이는 부분이었다.

'최근 귀환한 이래 저자와 이올라는 군터의 명령에 따라 비밀리에 움직이고 있다. 저것도 그 일환의 행동인 건가?'

나름 의심을 품은 엘크란은 검문소 쪽으로 걸음을 옮겼다.

"이보게."

"앗, 엘크란 님."

검문소에 있던 병사 중 엘프 병사가 놀라 일어섰다.

엘크란을 보고 놀란 건 그가 이노센트 라이트의 부대장이라서가 아니었다.

현재 시온의 엘프족은 하나로 합쳐져 있지만 본래 기존에 이 땅, 엘프하임에 살았던 에울로타 일족과 고향을 잃고 흘러들어온 난민들로 나눠져 있었다.

새로운 세계수를 만든 엘프 퀸 세레티나 역시 에울로타 일족이었다. 그런 만큼 엘프족 사이에서 에울로타 일족은 상대적으로 높은 계층으로 취급받았다.

이런 에울로타 일족의 혈통을 이어받은 이 중 한 명이며 동시에 고귀한 희생을 한 엘프 퀸 세레티나의 동생이 바로 엘크란이었다. 그런 만큼 엘프 병사가 공손할 수밖에 없었다.

"수고가 많군."

"아닙니다."

깍듯이 말하는 엘프 병사가 엘크란은 넌지시 말을 물었다.

"방금 전에 한 명이 숲으로 나가던데 그자는 제대로 허가서를 받은 자인가."

"예, 그렇습니다. 군터 총대장님의 직인이 찍힌 허가서를 가지고 있었습니다."

"흠, 그렇군. 뭐 때문에 나간다는 말은 없었나?"

"글, 글쎄요. 매일같이 나갔다 들어오는데 뭐 때문에 그러하는지 모르겠습니다."

"알았네."

별 소득 없는 대화를 마치고 엘크란은 검문소를 떠났다.

"하긴… 이제 와서 안들 무슨 상관일까."

그렇게 말하며 엘크란은 조용히 움직였다.

밤이 되고 사람들은 저마다 자신들의 숙소로 들어가 잠을 청했다.

다들 자는 시간에도 수비대 병사들은 경계 초소를 지켰다.

"날씨가 꽤 쌀쌀해지는데."

"바깥은 벌써 초겨울이잖아."

"그런가. 숲에서만 사니 바깥의 계절이 어떻게 변하는지도 모르겠구만."

"호호, 그래."

한 명의 드워프 병사와 인간 병사는 두런두런 대화를 나누며 전방을 감시했다.

그런데 갑자기 뒤쪽에서 기척이 느껴졌다.

"누구냐."

"나야, 나."

기척에 반응해 석궁을 겨눴던 두 병사는 라이트 마법이 걸린 마법구를 든 상대를 보곤 마음을 놓았다.

상대는 두 명의 엘프 병사였다.

"슈피엘, 벌써 교대 시간인가."

"그렇게 됐지."

"그거 잘됐구만."

드워프 병사는 아는 엘프와 대화를 하곤 기지개를 힘껏 폈다. 하지만 인간 병사는 이 와중에 의문을 표시했다.

"어, 이상한데? 오늘 교대자는 슈피엘 너하고 엑터잖아. 그런데 그 엘프는 누구야?"

"응?"

인간 병사의 말에 드워프 병사도 뒤늦게야 의문을 가졌다. 그러나 이미 때는 늦은 뒤였다.

푸욱.

"억?"

"안 됐지만 죽어줘야겠다."

"슈피엘, 왜……."

드워프 병사는 의문을 가득 담아 상대를 보았다. 하지만 곧 눈빛이 풀리고 털썩 쓰러졌다.

다른 한 명도 인간 병사를 처리한 뒤였다.

"미안하지만 우리 일족을 지키려면 어쩔 수 없다."

슈피엘은 죽은 드워프 병사를 향해 그리 말하곤 마법구를 위로 들어 흔들었다. 작전을 속행하라는 신호였다.

"사일런스."

"……!"

갑자기 발동된 마법으로 인해 방 안의 모든 소리가 사라졌다.

이에 놀란 로브를 입은 마법사들은 앉은 자리에서 일어났다. 하지만 그들 대다수는 날아든 화살에 피를 뿌리며 쓰러졌다.

슥.

검은 복면을 쓴 인물이 신호하자 방에 들어온 호리호리한 체구의 전사 십여 명이 검을 휘둘렀다.

삽시간에 방 안은 피 바다가 되었다. 이런 가운데 한 명이 마법진이 그려져 있고 중앙에 마법 수정이 박혀 있는 석판에 다가갔다.

곧 그는 능숙하게 석판에 걸린 마법이 해제되도록 했다.

지이이잉.

미묘한 소리와 함께 마법진이 멈추자 도시 외곽에 설치된 여러 마법진들이 작동하지 않게 되었다. 그것은 곧 도시의 보안이 무력화됐음을 의미했다.

감시 마법소가 함락되자 이들은 곧 도시 바깥으로 신호를 보냈다.

그러자 어둠 너머에서 다수의 인물들이 나타났다. 하나같이 은밀한 동작으로, 전문적인 암살자로 보였다. 그런 인물 사이엔 회색 머리의 소년도 있었다.

같은 시간, 수림 팔로스의 외곽에서는.

"지금쯤 슬슬 시작했을 거예요."

"훙, 그런가. 솔직히 마음에 들지 않군."

등에 붉은 대검을 매고 화려한 붉은 갑주를 걸친, 얼굴 여기저기에 흉한 칼자국이 나 있는 거구의 뱀파이어는 제레미안을 짜증스럽게 보았다.

이 호전적인 인물은 마왕 직속 부대 중 하나인 '진홍의 기사단'의 기사단장 크로노스였다.

"한 번에 들이쳐 섬멸시킬 수 있는 놈들을 왜 굳이 이렇게 꼼수를 써가며 상대해야 하지."

냉정, 침착하다는 뱀파이어 종족답지 않게 직선적이고 또 저돌적인 성격을 가진 크로노스는 자칫 상대에게 불쾌하게 들릴 수 있는 말을 거침없이 내뱉었다.

기분이 상할 만도 할 텐데 제레미안은 웃으며 대꾸했다.

"그런 말 마세요. 기왕이면 확실하게 하는 게 좋잖아요. 그리고 뭣보다 모처럼 마음껏 날뛸 기회가 생겼는데 그것만으로 만족 못하나요."

"이런 걸로 날 만족시킬 수 있다고 보나. 뭐, 놈들 중에 쓸만한 강자가 있다면 또 모르겠지만 말이다."

"크로노스 님을 만족할 강자라면 암흑 제국에서 몇 안 되는데 과연 저중에 그럴 만한 자가 있을까요."

"없으면 그냥 짓뭉개고 끝낼 일이다."

과격하게 말을 한 크로노스는 자신이 타고 있는 말, 나이트메어를 움직였다.

"더 이상은 못 기다리겠군."

크로노스는 숲을 향해 질주했다. 그러자 기다렸다는 듯이 각종 마물에 올라탄 진홍의 기사단이 움직였다.

기사의 호칭을 받은 자만 500명이고 아직 호칭은 받지 못했지만 그래도 일반 병사보다 강하다는 평가를 받는 기사단 소속 병사 5,000명이 뒤를 따랐다.

하지만 이 숫자는 크게 중요하지 않았다.

이번 원정을 위해 모인 진홍의 기사단에는 각각의 이유로 빠질 수밖에 없던 인원을 제외한 모든 오러 유저가 합류해 있었다.

그 숫자는 총원 22명 중 절반이 넘는 16명이었다.

"하여간 성질 급한 남자라니깐."

고개를 절레절레 저으며 혼잣말을 한 제레미안은 자신의 뒤에 있는 군대를 보았다.

셀 수 없이 많은 병력 사이로 무수한 깃발이 보인다. 그중에는 마왕군 정예 3군단과 5군단의 깃발이 있었다. 거기에 더해 리자드맨 로드 마잘과 다크 스피리트 로드 루안의 깃발도 찾을 수 있었다.

쿵. 쿵.

앞서 나아간 진홍의 기사단을 따라 어마어마한 군대가 출진을 시작한다.

총 병력 수 약 20만 명.

압도적인 병력이 지금 시온을 목표로 일제히 침공을 시작한 것이다.

『천년용사』 5권에 계속…

FUSION FANTASTIC STORY
천성민 장편 소설

짐승의 규칙

『무결도왕』 『다크로드 블리츠』
천성민 작가의 신간!

『짐승의 규칙』

살아야만 했다.
나를 위해 희생당한 부모님을 위해.
복수를 위해.

죽여야만 했다.
내가 살기 위해 타인의 목숨을.

그렇게……
나는 짐승이 되었다.

Book Publishing CHUNGEORAM